MICK ELLIOTT

LARRY LAUCH
ZERSTÖRT DAS UNIVERSUM

Aus dem Englischen übersetzt
von Christian Dreller

BAND 2

Loewe

Alle Titel von *Larry Lauch*:

Band 1: Larry Lauch zerstört die Schule
Band 2: Larry Lauch zerstört das Universum

FSC
www.fsc.org
MIX
Papier aus verantwortungsvollen Quellen
FSC® C014496

ISBN 978-3-7432-0630-4
1. Auflage 2020
erschienen unter dem Originaltitel *Squidge Dibley Destroys the Galaxy*

Published by Arrangement with HACHETTE AUSTRALIA PTY LTD,
SYDNEY NSW 2000, AUSTRALIA
Dieses Werk wurde vermittelt durch die
Literarische Agentur Thomas Schlück GmbH, 30161 Hannover.

Aus dem Englischen übersetzt von Christian Dreller

Umschlaggestaltung: Michael Dietrich
Printed in the EU

www.loewe-verlag.de

GASA*-
FALLAKTE
TOPSECRET

VOLL UNTER VERSCHLUSS

Ein **100-PRO** wahrer Bericht über alles, was unter Beteiligung der Klasse 6a geschah.
Nach Berichten von Padman O'Donnell: bester Freund von Larry Lauch. Autor. Comiczeichner-Azubi. Spitzname: Pod.

*Galaktische Australische Sternallianz

AM »VORFALL« BETEILIGTE

Larry Lauch

- Neuer Schüler auf der Craglands South
- Spezielle medizinische Dispositionen: **Bungee-Knochen** (Super-Elastoskelett), **Nervöser-Magen-Rülpseritis** (ungehemmtes Spontan-Giganto-Rülpsen bei Lärm), **Blähus Maximus** (bombastische Körperaufblähung bei Vollkontakt mit Wasser)

Lena King

- Wissenschaftsvollnerd mit Weltraum-Vollknall

Nathan Kobissi

- Farben-Süchtiger

René Grossman

- Besessen von Pythons, Schlangen, Pythons und noch mal Pythons
- Hat einen Hauspython (ist besessen davon)

Die Prankman-Zwillinge Amy und Lucy

- Eineiige Zwillinge
- Legendäre Trouble-maker seit Geburt

Abby Takani

- Zuckertütchen-Sammlerin
- Streetdance-Junior-champion

Rebecca Peters

- Spielt alle Schulband-Instrumente (IST die Schulband)

Steven Lippman

- Dauernervöser Kumpel von Lenny Battisto

Lenny Battisto

- Nicht *so* nervöser, aber doch *ziemlich* nervöser Kumpel von Steven Lippman

Daniel Yoon

- Skateboard-Gott
- Träumt vom Skaten bei Olympia

Christoph Grubber

- Der ätzendste Typ des Planeten (und des Universums)

KAPITEL 1

Okay, es ist ziemlich **krasses** Zeug passiert. Aber nichts davon war Larry Lauchs Schuld.

Tatsächlich wäre ohne Larry am Ende alles noch T-Rex-mäßig schlimmer geworden.

Wenn jemand Schuld hat, dann René Grossmans Python.

Ich meine, wem traut man eher, wenn es um das eigene Leben geht? Einem unschuldigen Jungen, dessen Körper sich nun mal ohne Vorwarnung morpht? Der zufällig auch mein bester Freund ist und unser Retter vor dem übelsten Lehrer aller Zeiten? Oder einem Python, der sogar schon mal einen Pudel verputzt hat?

Ich, Padman O'Donnell (Pod für meine Freunde), schreibe dies im Wissen, dass die Wahrheit womöglich nie ans Licht kommt. Aber ich bin es Larry schuldig, dieses galaktische Volldesaster zu dokumentieren.

Das mit einem Ei begann.

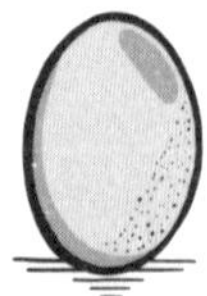

KAPITEL 2

Also, eigentlich begann es mit einer Frage. Die Steven Lippman unserer Lehrerin Ms Triggelty stellte: Wie fühlt es sich an, wenn ein Baby im Bauch wächst?

Darüber musste sie kurz nachdenken. Bevor sie dann meinte, dass wir das selbst herausfinden sollten. Worauf Christoph Grubber direkt raushaute:

Was echt dämlich von Christoph war. Wusste doch jeder, dass plötzliche laute Geräusche Larry zum Rülpsen bringen – dank einer seltenen medizinischen Disposition namens Nervöser-Magen-Rülpseritis.

Es war ein spektakulär furziger Rülpser, weil Larry gerade eines von Dads Currys zu Mittag gehabt hatte. Larry **liebt** Dads Currys.

Dad hatte Tausende davon gekocht, als er es mit einem Curry-Lieferservice versucht hatte. Hat leider null funktioniert. Aber nun haben wir bis zur nächsten Eiszeit genug Curry im Gefrierschrank.

Zum Glück kriegt Larry einfach nicht genug davon. Und wenn wir nach der Schule in Dads Werkstatt an einer neuen Erfindung basteln, haut er sich manchmal vier hintereinander rein.

Ms Triggelty evakuierte uns auf den Schulhof, während sich Larrys Rülpsermief aus dem Klassenraum verzog.

Ms Triggelty reagiert total cool auf Larrys abgefahrene Reaktionen. Sie hatte sich schon als Lehrerin an seiner alten Schule daran gewöhnt, bevor sie auf die Craglands South kam.

Kaum kriegten unsere Lungen wieder frische Luft, machte sie einen Vorschlag: Wenn wir *wirklich* wissen wollten, wie es mit einem Baby ist, sollten wir unser eigenes Küken ausbrüten.

Worauf Lenny Battisto begeistert die Fäuste in die Luft stieß.

»Dein Hirn ist ein Chicken Nugget«, meinten die Prankman-Zwillinge.

Dann holte Rebecca Peters ihre Trompete raus und trötete den Ententanz. Prompt tanzte Abby Takani drauflos. Und ehe Ms Triggelty irgendwas übers Eierausbrüten erzählen konnte, machten schon alle mit. **Superöde!** Aber besser, als an einem heißen Tag im Klassenraum zu sitzen, der noch nach Larrys Schweine-Rosmarin-mit-Ziegenkäse-Curry-Rülpser müffelte.

Als wir so glücklich ententanzmäßig in der heißen Nachmittagssonne abzappelten, ahnten wir noch nicht, wie kurz wir davorstanden, **LEBENDIG GEBRATEN** zu werden.

KAPITEL 3

Am nächsten Tag brachte Ms Triggelty ein Ei mit. Es war in eine Decke gewickelt und ihrer Erklärung nach würde daraus in **einundzwanzig Tagen** ein Küken schlüpfen, wenn wir es warm hielten.

»Einundzwanzig Tage?!«, staunte Daniel Yoon. »Wie sollen wir es so lange warm halten? Kochen?«

Ms Triggelty kicherte. »Ne, ihr werdet das hier alle abwechselnd tragen.« Sie hielt einen Spezialleder-beutel hoch.

»Der Bauch ist euer wärmster und kuscheligster Körperteil«, fuhr sie fort. »Und der hält den Beutel und das Ei schön warm.«

»Und ich dachte, der Hintern wäre der wärmste Körperteil«, plärrte Christoph.

»Sie sagte ›wärmste‹, nicht ›stinkendste‹«, stellte Lena King klar. »Wir wollen das Küken vor dem Schlüpfen doch nicht vergasen.«

Larry musste kichern.

»Was ist, Larry?«, flüsterte ich.

»Eier-Gas«, quiekte er nur. Bei Larrys Humor kommt man manchmal echt durch-**ei**-nander. Sollte echt kein Wortspiel sein.

»Also«, fuhr Ms Triggelty fort. »Wer trägt den Beutel zuerst?«

Christoph sprang auf und kreischte: »ICH! ICH! ICH!«

Wahrscheinlich dachte Ms Triggelty, er würde sowieso keine Ruhe geben, bis er drankäme. Also teilte sie ihn für die erste Schicht als menschlicher Brutkasten ein.

Wie sich herausstellen sollte, wäre das Ei sicherer gewesen, wenn er den Beutel am Hintern getragen hätte.

Christoph hatte so viel damit zu tun, Christoph zu sein, dass er den Spezialbeutel völlig vergaß. Beim Mittagessen schob er sich – wie immer – an der Warteschlange vorbei nach vorne … und zermatschte das Ei an der Essensausgabe.

Zum Glück hatte Ms Triggelty genau damit gerechnet: Sie erzählte uns, dass Christoph ein Übungsei getragen hatte. Der hatte gleich eindrucksvoll gezeigt, **wie viel vorsichtiger** wir sein mussten, um unser eigenes Küken aufzuziehen.

»War aber nicht meine Schuld«, motzte Christoph, als er sich die Eierschalensplitter von der Hose pulte.

Dabei wussten alle, *dass* es seine Schuld war, vor allem Ms Triggelty. Aber sie dreht eben nicht gleich durch, wenn mal jemand einen Fehler macht. Nicht mal bei Ätztypen wie Christoph. Genau das macht sie auch zu so einer **HAMMER**-Lehrerin, ganz im Gegensatz zu ihrem Vorgänger: **HORROR**-Vizedirex Hackface.

Dank Larry ist er nun nicht mehr Vizedirex Hackface, sondern Schulhausmeister Hackface.* Auch wenn alle glauben, dass er heimlich **Rache** plant.

* Siehe *Larry Lauch zerstört die Schule.*

Na egal, jedenfalls holte Ms Triggelty das **echte** Hühnerei heraus. Abby Takani passte am ersten Tag darauf auf und bestäubte es mit Zucker, für mehr Kraft zum Wachsen.

Rebecca Peters löste sie am nächsten Tag ab und spielte Schlaflieder auf ihrer Harfe.

Nach diesem Tag kümmerte sich Daniel Yoon um das Ei. Sanft flüsterte er: »Immer schön chilli, chilli, Küken-Bro …« Nonstop. Sechs Stunden.

Dann waren die Prankman-Zwillinge dran. Und tatsächlich widerstanden sie der Versuchung, jemandem einen Streich mit dem Ei zu spielen – dabei hätten alle ihren Hintern verwettet, dass sie **Rührei** draus machen würden.

Danach kam ich. Zugegeben: Ich war echt nervös, dass ich es wie Christoph zerquetschen könnte. Aber ich hab's ganz gut auf die Reihe gekriegt.

Larry fand seinen eigenen Larry-Weg, damit es das Ei nett und gemütlich hatte. Ich tippe sogar, dass noch kein Ei es jemals so gut hatte wie dieses. Umso blöder, dass René Grossmans Python es am nächsten Tag gefressen hat.

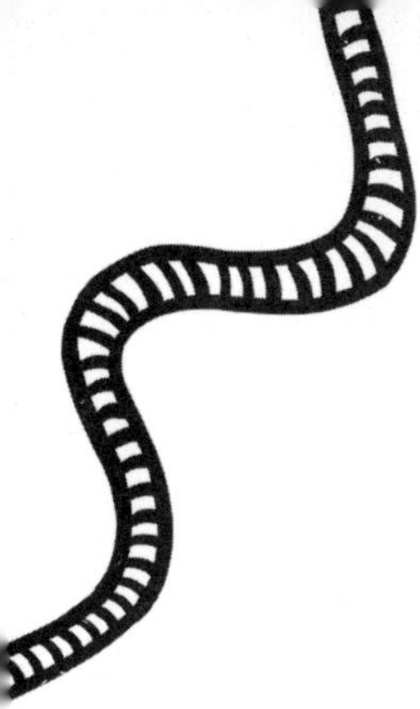

KAPITEL 4

Wir sollten erst später rausfinden, was passiert war. Sehr viel später. Aber was passiert war, war das:

An dem Tag, als René mit Brüten dran war, fühlte sich sein Python nicht so gut. Also nahm René ihn heimlich mit zur Schule, um auf ihn aufzupassen.

Unglücklicherweise legte er auch das Ei in seinen Rucksack … zur sicheren Verwahrung, als er um die Mittagszeit Handball spielte. Und da dachte der Python eben, dass das Ei sein Mittag wäre.

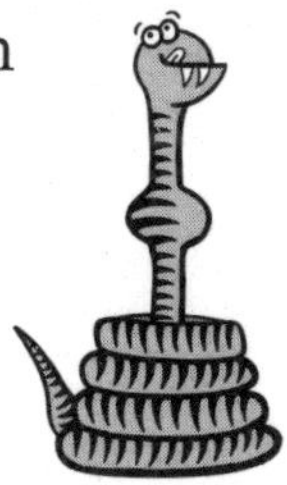

René verriet niemandem ein Wort.

Stattdessen ersetzte er das Ei durch eins, das er am Craglands-Sumpf gefunden hatte. Und von da an wurde es dann richtig irre.

Alle Arten von Kreaturen bauen am und um den Sumpf ihre Nester. Der außerdem noch ziemlich **verdreckt** ist.

Bis Tag einundzwanzig wusste niemand was vom Ei-Austausch. Wir drängelten uns alle um Ms Triggeltys Pult und warteten, dass das Ei zersprang. Nichts passierte!

Genauso wie am nächsten Tag.

Oder am übernächsten Tag.

Oder den Tag darauf.

Oder dann den Tag darauf.

Tatsächlich dauerte es noch fünf Tage, bis wir endlich ein merkwürdiges **Glucks**-Geräusch in der Klasse hörten.

Es war Larry. Er war an diesem Tag mit Brüten dran.

»Was ist los, Lay?«, fragte Ms Triggelty.

»Es kitzelt!«, sagte Larry. Prustend vor Lachen, band er sich das Ei ab.

Das plötzlich einen Miniriss hatte.

Der größer wurde. Dann hallte ein schwaches Klopf-Geräusch aus dem Inneren.

»Es schlüpft!«, sagte Abby Takani.

Das **Pok-Pok-Pok** wurde **lauter**. Der Riss **größer**. Lena King startete einen Countdown und alle stimmten ein.

»Zehn, neun, acht, sieben, sechs, fünf, vier, drei, zwei … eins!«

Ein Loch tauchte in der Schale auf. Eine Schnabelspitze lugte hervor. Lauter Jubel! Rebecca Peters stimmte wieder den Ententanz an. Niemand checkte, dass René sich nervös zur Tür verzog.

Das Loch wurde **noch größer**. Noch lauterer Jubel!

Die ganze obere Eierschale brach ab, der Rest des Schnabels tauchte auf und quäkte:

»Qua!«

Alles verstummte.

»Das ist das **krasseste** Küken, das ich je gesehen hab«, staunte Daniel Yoon.

»Weil's nicht von einem Huhn ist«, piepste Larry und beäugte den kleinen Vogel. »Sondern von einer …«

Kreischend und mit den Armen fuchtelnd, rannte Christoph durch die Klasse – bis er voll gegen die Wand **krachte** und ihm die Lampen ausgingen.

»Warum macht er sich wegen einer Ente in die Hose?«, fragte Abby Takani.

»Eigentlich«, sagte ich, als die gesamte Schale zerbrach, »ist es keine Ente.«

Alle starrten auf die frisch geschlüpfte Kreatur, die nun auf Larry herumhopste.

»Sondern eine Halbente.«

KAPITEL 5

»Warum sagt es ›Qua‹?«, fragte Lenny Battisto und kaute nervös auf den Nägeln.

»Weil's nur einen **halben** Schnabel hat, Vollpfosten«, meinten die Prankmans. »Wie soll man da **ganze** Wörter können?«

Vorsichtig nahm Larry die Halbente in die Hand.

»Qua!«, sagte sie erneut.

»Qua!«, erwiderte Larry.

»Das ist die **geilste** Ente aller Zeiten«, fand Daniel Yoon.

»Keine Ente«, stellte ich nochmals klar. »Halbente.«

»Was *macht* sie?«, fragte Lenny Battisto und versuchte, Steven Lippmans Fingernägel abzuknabbern, da seine schon komplett vernichtet waren. Halbente hüpfte mit ihrem Einbein auf Larrys Tisch herum und blickte voller Liebe zu ihm hoch.

»Sie hält Larry für ihre Mutter«, erklärte Ms Triggelty lächelnd.

»Wie irre ist das denn?«, meinte Daniel Yoon.

»*Total* normal«, sagte Lena King. »Entenküken halten das Erste, was sie nach dem Schlüpfen sehen, für ihre Mutter.«

»Schwein gehabt, dass es nicht zuerst Christophs Hintern gesehen hat«, flüsterten die Prankman-Zwillinge.

Larry knuddelte Halbente.

»Sieht aus, als wärst du jetzt offiziell Halbentenmutter, Larry«, verkündete Ms Triggelty.

»Ich bin so stolz«, meinte Larry.

»Qua!«, sagte Halbente.

»Wie willst du sie nennen?«, fragte ich Larry.

Er dachte einen Moment nach. »Hiermit taufe ich dich«, piepste er dann feierlich, »Eggi McDuckbert.«

»Qua!«, sagte Eggi McDuckbert.

Alle fanden, dass das ein **GENIALER** Name war.

»Hat irgendjemand 'ne Ahnung, warum aus unserem Ei eine Halbente geschlüpft ist?«, wollte Ms Triggelty dann wissen.

»Ich nicht!«, platzte René heraus. Gerissen lugte er vom Korridor in die Klasse.

»Okay«, sagte Ms Triggelty.

»Schätze, wir sollten uns einfach freuen, dass wir eine glückliche, gesunde, halbe …«

»**ENTEEEEEE!**«, kreischte Christoph Grubber, der gerade wieder zu sich gekommen war. Schreiend stürmte er auf den Schulhof hinaus. »Ich **HASSE** Enten!«

»Möchte ihn nicht erleben, wenn Eggi McDuckbert 'ne *ganze* Ente wäre«, murmelte Ms Triggelty.

»Qua!«, meinte Eggi McDuckbert.

Larry nahm seinen Job als Entenmutter sehr ernst und hielt Eggi im Unterricht ständig Leckerlis vor den Schnabel.

Er stellte Eggi auch unserem Klassenhaustier vor: Bubble O'Blubb. Die beiden verstanden sich auf Anhieb prima.

Jeder konnte sehen, dass Larry und Eggi eine tolle Beziehung hatten. Er fühlte sich pudelwohl auf Larrys Schulter und knabberte ihm wie ein Papagei am Ohr herum.

Nach der Schule nahm Larry ihn mit zu uns nach Hause, wo wir in Dads Werkstatt herumschraubten. Larry schmiedete sogar Pläne für ein bionisches Minibein für Eggi.

Es war total logisch, dass die zwei so gut miteinander auskamen. Wussten ja beide, wie es war, ein bisschen anders zu sein. Nicht dass Larry das jemals zu interessieren schien.

Alle fanden das alles ziemlich **cool**.

Alle, bis auf Christoph Grubber.

KAPITEL 6

Zwei Wochen nachdem Eggi McDuckbert geschlüpft war, schickten Christophs Eltern Ms Triggelty einen Brief … und forderten, dass Eggi **GESCHREDDERT** werden sollte! Weil Christoph angeblich nicht zusammen mit einer halben Ente in der Klasse lernen könne.

Woraufhin wir meinten, dass wir das nicht mit einem **ganzen Christoph** könnten.

Ms Triggelty erklärte den Eltern, dass Eggi es nicht verdiente, geschreddert zu werden, nur weil er anders war. Zack, wollten sie ein Gespräch mit Direktorin

Brüllsäge. (Was nicht ihr richtiger Name ist, sondern Brünlmowdtnmirth. Aber wer kann das schon aussprechen? Außerdem brüllt sie **wirklich** viel.)

Wir wussten, dass es nicht gut für Eggi McDuckbert aussah, als die Brüllsäge in der Klasse auftauchte – in Jagdklamotten.

Larry wickelte Eggi McDuckbert sofort mit seinem Körper ein. Woraufhin die Direktorin lachend erklärte, dass das Outfit doch nur ein Kostüm wäre: für das alljährliche Schuldirektoren-Wohltätigkeits-Kostümball-Essen, zu dem sie heute Abend gehen würde.

Alle entspannten sich kurz. Bis sie meinte, Christophs Eltern hätten **GEDROHT**, die Schule **ZU VERKLAGEN**, falls man Eggi McDuckbert nicht loswerden würde.

»Nicht cool, Christoph!«, meinte Daniel Yoon.

»Richtig uncool, Christoph«, sagten die Prankmans.

»Endlevel uncool«, setzte Abby Takani einen drauf.

»Was habt ihr?«, meinte Christoph. »Ist doch nur 'ne dämliche rohe Ente.«

»Wenn hier jemand 'ne dämliche rohe Ente ist, dann *du*«, sagte Lena King. »Und ich muss es wissen. In Wissenschaft kenn ich mich aus.«

»Qua!«, fand auch Eggi McDuckbert, der sich in den Windungen von Larrys Bauch versteckte.

Die Brüllsäge forderte uns auf, **DIE KLAPPE ZU HALTEN UND UNS ZU SETZEN**. Sie erklärte, Christophs Eltern hätten sich auch beim Gesundheitsamt beschwert. Wegen eines **WILDEN TIERES** im Klassenzimmer, das **KRANKHEITEN VERBREITEN** könnte.

»Komisch, wieso beschweren die sich über ihren eigenen Sohn?«, flüsterten die Prankmans.

»Was ist dein verdammtes Problem?«, fragte ich Christoph.

Christoph verschränkte die Arme. »Es ist gegen die Schulregeln, eine …« Er musste das Wort fast hochwürgen. »… Ente … in der Klasse zu haben.«

»Dann ändern wir eben die Regeln«, sagte ich.

Ich sah Ms Triggelty an. Wir konnten uns immer auf sie verlassen, wenn's eng wurde. Aber ich erkannte, dass sie in einer kniffligen Lage steckte. Direktorin Brüllsäge war schließlich ihr Boss.

Eggi zitterte nervös. Die kleine Halbente schien zu wissen, dass ihr etwas Übles drohte.

»Qua, qua«, fiepste Larry und streichelte sanft über Eggis Federn.

Alle scharten sich um Larry und Eggi.

»Chilli, chilli, Küken-Enten-Bro …«, flüsterte Daniel Yoon.

Ich musste etwas unternehmen.

Ich stieg auf meinen Tisch.

»Geht die Ente, **GEHN WIR ALLE**«, verkündete ich.

Ich zeigte auf Christoph. »Außer dem da. Der kann bleiben.«

»Ich respektiere dein Recht auf friedlichen Protest, Padman«, sagte die Brüllsäge daraufhin. »Aber es sind bereits Vorkehrungen zur Entfernung der Ente getroffen worden.«

Dann tauchte zu unser aller **Horror** eine Gestalt in der offenen Tür auf.

»Hallööchen, 6a«, grinste Hausmeister Hackface. »Mir scheint, hier gibt's ein Problem mit **wilden Tieren**.«

KAPITEL 7

Beim Anblick von Hausmeister Hackface' Axt

DREHTE EGGI MCDUCKBERT VÖLLIG DURCH.

Er schoss aus Larry Armen und flatterte mit lautem **QUA!** schräg in die Luft weg.

Christoph **kreischte**.

Larry **rülpste**.

Alle **schrien**.

Direktorin Brüllsäge **brüllte**.

Larry **rülpste** <u>erneut</u>.

Hausmeister Hackface **warf sich** sogleich auf Eggi McDuckbert.

Der vom Deckenventilator **abprallte**.

Larry **sprang** Eggi hinterher.

Die Klasse verwandelte sich in ein **Affenhaus**.

Stühle kippten um. René stolperte gegen Bubble O'Blubbs Fischglas und fegte es aus dem Regal. Daniel Yoon fing es auf, kurz bevor es auf dem Boden zerplatzte. Nur dass er dabei Lenny Battistos Tisch umpflügte. Der in Steven Lippmans Tisch krachte. Worauf es prompt alle Tische wie die Dominosteine **umfetzte**.

In der Zwischenzeit schwang Hausmeister Hackface fleißig sein Netz nach Eggi. Bis es sich im Deckenventilator verfing und ihn von den Füßen riss. Wie ein durchgeknallter Zombie fauchend, wirbelte er unter der Decke umher.

Ms Triggelty flitzte ninjamäßig hin und her, während sie versuchte, Larry und Eggi zu beschützen.

Noch nie zuvor war so viel Chaos auf Larry eingeprasselt. Er hüpfte von Tisch zu Tisch, wobei sein Körper sich wie ein Gummiband dehnte und zusammenzog. Das Gesicht knallrot, der Bauch wie wild am Vibrieren.

Oh, oh!, dachte ich nur.

Dann bekam ich mit, wie die Brüllsäge mörder-
mäßig Luft holte.

»Nein!«, schrie ich. Zu spät.

»HINSETZEN! ALLE!«, kreischte sie.

Schlagartig expandierte Larry zu einem **Monster von menschlichem Rülpsballon**, der uns alle gegen Wände und Fenster quetschte. Es war, als wären all seine Spezialkrankheiten gleichzeitig ausgelöst worden.

Als Larry schließlich in sich zusammenfiel und alle sich wieder eingekriegt hatten, war Eggi McDuckbert **verschwunden**.

KAPITEL 8

»Eggi fehlt mir so«, seufzte Abby Takani am nächsten Tag und ließ sogar die bereits aufgerissene Zuckertüte einfach liegen.

»Mir auch«, sagte Daniel Yoon. Lustlos kickte er gegen sein Skateboard.

»Uns doppelt«, meinten die Prankman-Zwillinge.

»Blubb, blubb«, fügte Bubble O'Blubb aus seinem Glas hinzu.

Alle vermissten Eggi. Außer Christoph, der ein zufriedenes Siegergrinsen vor sich hertrug.

Nachdem Larry wieder geschrumpft war und wir aufgeräumt hatten, schickte uns Ms Triggelty los, um die Umgebung abzusuchen. Doch niemand fand auch nur **eine Feder**.

»Jede Wette, dass Christoph weiß, wo Eggi ist«, brummte Daniel Yoon während einer Pause.

»Jep, er und Hackface«, meinten die Prankmans. »Die stecken bestimmt unter einer Decke.«

Sogar Larry hatte keinen Schimmer, wo Eggi sein konnte. Ich bot ihm an, nach der Schule noch mal zusammen zu suchen. Aber er schüttelte nur den Kopf.

»Ist schon okay, Pod«, piepste er leise.

Seit seiner Ankunft in der Craglands South hatte ich ihn noch nie so erlebt. Und es war überhaupt **nicht cool**, meinen besten Freund so geknickt zu sehen. Aber es wurde noch übler. Zur Mittagessenszeit sahen wir, wie Hausmeister Hackface …

EINE MINIKEULE FUTTERTE.

»Er *war's*!«, murmelten die Prankmans wütend.

»Mann, was für ein Mist«, meinte Daniel Yoon.

Genüsslich lutschte Hackface jeden Fleischfitzel von der Keule. Und pulte dann damit in den Zähnen herum.

Danach hatte keiner mehr Bock auf Mittagessen.

»Armer kleiner Duckie-Bro«, schniefte Daniel Yoon.

»Biste okay, Larry?«, fragte ich.

»Jep, Pod, Larry okay«, antwortete mein Freund.

Genau das ist das Coole an Larry. Er macht einfach weiter. Und fast bildete ich mir ein, bei ihm so was wie ein Lächeln gesehen zu haben.

Bei unserer Rückkehr in die Klasse hatte Ms Triggelty umwerfende Neuigkeiten.

»Ich weiß, ihr Knallköppe fühlt euch ganz schön mies wegen Eggi«, begann sie.

»Ich nicht«, nuschelte Christoph.

Ms Triggelty ignorierte ihn – einschließlich aller Federmäppchen, die ihm prompt an den Kopf flogen.

»Daher habe ich mir eine besondere Überraschung überlegt, um euch auf andere Gedanken zu bringen …«

Lächelnd pinnte sie eine bedruckte Folie ans Whiteboard. »Wer steht hier auf **WELTRAUM**?«

KAPITEL 9

Die ganze Schule wurde **WELTRAUMBEKLOPPT**.

Allen voran: Lena King. Eine Fanatikerin, wenn es auch nur im Entferntesten um Außerirdische geht. Jahrelang wollte sie beweisen, dass die Hälfte der Craglands-South-Lehrer Aliens sind. Und nun fährt sie urknallmäßig auf Weltraumreisen ab. Vermutlich weil ihr Dad im Craglands-Space-Museum arbeitet.

»Hat jemand Fragen zur Veranstaltung am Freitag?«, wollte Ms Triggelty wissen.

Lenas Hand schoss empor.

»Der geht vor Freitag noch glatt der Sauerstoff aus«, flüsterte ich Larry zu.

Doch Larry starrte nur nach draußen. Zu einem blassen, kraterüberzogenen Halbkreis am Mittagshimmel.

»Halbmond«, piepste er mit einer Spur von Traurigkeit.

»Keine Sorge, Lay«, flüsterte ich.

Larry sagte nichts weiter. Sondern starrte einfach nur weiter auf den Halbmond. Also dachte ich, er träumte davon, wo Eggi McDuckbert wohl sein könnte.

Aber wie wir nur allzu bald erfahren sollten, dachte er an **so viel mehr**. Zu jenem Teil – an dem es **galaktisch** abgefahren wurde – komme ich gleich. Zuerst muss ich noch berichten, was an jenem schicksalhaften Freitag in der Schule abging.

KAPITEL 10

Als Larry und ich ankamen, war die Schule schon voll im **SPACE-RAUSCH**. Alle waren verkleidet und auf dem Schulhof sah es aus wie am Set von *Star Wars*.

Sogar die Lehrer waren voll dabei.

Es war das **größte** Ding **aller Zeiten** auf der Craglands South.

Noch nie zuvor hatte jemand Interessantes unsere Schule besucht. Am prickelndsten war da noch ein Typ von der Müllabfuhr gewesen. Der extra gekommen war, um uns zu erzählen, warum man die Kacke seines Hundes nicht in die Recycling-Tonne hauen sollte. (Offensichtlich kann Hundekacke nicht recycelt werden.)

Von einem **echten Astronauten** besucht zu werden, war also **der Hammer**.

Und: Wir hirnten alle wie Weltmeister, was es wohl mit dieser Ankündigung auf sich hatte.

Als wir in die Aula marschierten, herrschte dort schon Chaos.

Daniel Yoons Alien-Kostüm brachte die Kleinen aus der Vorschule zum Ausflippen.

Christoph Grubbers Schädel steckte in einem Fischglas fest, das er als Weltraumhelm genommen hatte.

Und die Prankman-Zwillinge bekamen Probleme, weil sie sich als Mond verkleidet hatten.

Larry und ich trugen Weltraumroboter-Kostüme, die wir in Dads Werkstatt aus Metallschrott gebaut hatten.

Als endlich alle in der Aula saßen und auf den Astronauten

warteten, ermahnte die Brüllsäge uns, STILL zu SEIN.

Plötzlich ging das Licht aus. Die Vorschulkids schrien los. Alle fingen an, durcheinanderzurufen. Und die Brüllsäge brüllte prompt auf jeden und alles ein, die KLAPPE ZU HALTEN.

Zum Glück gehörten Speziallärmschutz-Kopfhörer zu Larrys Kostüm, sonst wäre das Ganze hundertpro zu einem Rülpsinferno eskaliert.

Dann ertönte ein gewaltiges BUUUUUUUUM.

Ein Riesenlichtball und Rauch füllten die Bühne. Der Vorhang öffnete sich. Und herausmarschiert kam die atemberaubendste Gestalt, die wir je gesehen hatten.

KAPITEL 11

Lena King wurde ohnmächtig. Kam aber sofort wieder zu sich und flüsterte: »Ist das echt? Oder träume ich?«

»HALLO, ERDLINGE!«, verkündete der Astronaut. »Ich bin hier, um euch vor Staunen aus den Schuhen zu hauen!«

»Mission erfüllt!«, schrie Lena King und hopste begeistert auf der Stelle.

»Hab Angst«, meinte Steven Lippman.

»Muss aufs Klo«, flüsterte Lenny Battisto.

»Ich glaube, Christoph ist schon drauf«, sagte Abby Takani.

Ein weiterer Scheinwerfer schwenkte auf die Bühne und enthüllte Rebecca Peters. Die mit Trompete und Gitarre eine sagenhafte Musikkombi aus *Star Wars* und *Bohemian Rhapsody* hinlegte, während der Astronaut im MOONWALK auf der Bühne herumposte.

»Das ist *der geilste Tag in meinem Leben*«, flüsterte Lena, während ihr die Tränen kullerten.

Die Musik verklang. Vulkanausbruchmäßiger Beifall entlud sich und Rebecca setzte sich wieder.

»Ich brauche einen Freiwilligen, der mir mit dem Helm hilft«, sagte der Astronaut.

Lena war schon auf der Bühne, ehe auch nur einer mit der Hand zucken konnte. Der Astronaut schraubte langsam seinen Helm ab. Ehrfurchtsvoll hob Lena ihn mit zitternden Händen und Stielaugen hoch.

Eine Lockenmähne **explodierte**. Keiner von uns hatte jemals so einen riesigen Afro gesehen.

»Boah!«, rief Daniel Yoon aus dem Publikum. »Fett krasse Haare!«

Der gigantische Afro der Astronautin fetzte in alle Richtungen. Wie eine Jumboportion Zuckerwatte, die in einen Minizyklon geraten war. Als die Haare endlich zum Stillstand gekommen waren, war das lächelnde Gesicht einer Frau zu erkennen. Ein Monster von Brille brachte ihre Augen fast auf Dino-Größe.

»Danke, Kinder«, sagte die Astronautin und nahm Lena den Helm ab. »Ihr könnt mich Kosmonautin Cath nennen.«

»Sie sind … ein … Mädchenastronaut!«, flüsterte Lena, kurz vor der Schnappatmung.

»Stimmt«, meinte Kosmonautin Cath. »Jedenfalls als ich das letzte Mal nachgesehen habe.«

»Ich glaub, ich träume«, hauchte Lena.

»Das war doch noch gar nichts«, erwiderte Kosmonautin Cath.

KAPITEL 12

Kosmonautin Cath war **UNGLAUBLICH**.

Sie erzählte uns von all dem super Zeug, das sie da bei der GASA machen. Wie zum Beispiel nach Leben auf anderen Planeten suchen. Und auf Top-secret-Weltraummissionen zu gehen. Dann fragte sie uns, was wir über das All wissen.

Lenny Battisto hob die Hand. »Das ist voll groß.«

»Richtig«, bestätigte Kosmonautin Cath.

»Und es hat ganz schön viel Platz«, fiel Steven Lippman noch ein.

»Auch richtig«, bestätigte Kosmonautin Cath.

»Und es gibt Zombie-Weltraumaffen, die Laserstrahlen pupsen«, sagte Daniel Yoon.

»Könnte sein«, lachte Cath. »Was noch?«

»Es ist leise«, fiepste Larry kaum hörbar.

Kosmonautin Cath spähte in die Menge, um zu sehen, wer gesprochen hatte.

»So leise, dass man gar nichts hört«, fuhr Larry nun etwas lauter fort. »Und kalt. Und mindestens **zehn Milliarden** Jahre alt. Und man könnte sein Leben lang versuchen, alle Sterne zu zählen, ohne überhaupt nur ansatzweise jemals damit fertig zu werden. Und wenn man bei einem Weltraumspaziergang von seinem Raumschiff getrennt wird, würde man auf ewig durchs All treiben.«

»Wusste ich auch«, flüsterte Lena.

Kosmonautin Cath stieg von der Bühne und folgte dem Klang von Larrys Stimme.

»Wenn man der Sonne zu nahe kommt«, fuhr Larry fort, »verbrennt man, weil die über 5.000 Grad heiß ist.«

Kosmonautin Cath kniete sich neben Larry und mich.

Ihrem Gesicht nach hatte Larrys Vortrag sie voll verblüfft. Genau wie mich. Ich meine, ich wusste schon immer, dass Larry klug ist. Aber eben hatte er mehr gesagt als sonst an einem **ganzen Tag**.

»Außerdem«, fügte Larry hinzu, »riecht Uranus wie ein Furz. Wegen der Faulgase in der Atmosphäre.«

»Das ist ein ganzer Haufen Weltall-Fakten«, lächelte Kosmonautin Cath. »Und alles ist richtig. Gibt es eigentlich was, das du *nicht* weißt?«

Larry kratzte sich am Kopf. Dann fragte er: »Treibt deine Kacke weg, wenn du ein Weltraumklo benutzt?«

Die ganze Schule schmiss sich weg vor Lachen. Nur die Brüllsäge sah aus, als würde sie Larry am allerliebsten am Kragen packen und auf der Stelle rausschleifen.

»Eine wirklich gute Frage«, sagte Cath. »Denn im All gibt's kein Wasser für die Toilettenspülung und deine Wurst kann nirgends hin. Und: Bei null Schwerkraft schwebt die einfach rum. Auf meiner allerersten Mission ging das Klo kaputt und unsere Ködel prallten wie Schokoküsse hin und her. Ich kann euch sagen, das hat ganz schön gestunken in der Raumkapsel.«

Larrys Weltraumfakten brachten mich darauf, wie irre es sein musste, dort oben im Kosmos abzuhängen.

»Was ist das Schrägste, das Sie je im All erlebt haben?«, fragte ich.

Darüber dachte Kosmonautin Cath kurz nach.

»Ich hatte völlig glattes Haar«, sagte sie dann. »Aber nach einer Sechs-Monats-Mission auf der

Internationalen Weltraumstation wurde es **wuschelig**. Im Weltall können wirklich richtig irre Sachen passieren.«

VORHER **NACHHER**

»Also, ich finde es spitze«, stellte Daniel Yoon klar.

»Ich beschwer mich nicht«, sagte Cath. »Auch wenn ein neues Haarstyling kein Selbstläufer ist.«

Sie drückte mit beiden Händen gegen ihre **gigantische** Haarpracht. »Weißt ihr, wie sie mich bei der GASA nennen?«

Ne, wusste niemand.

»Struwwelpeter.«

Larry kicherte los. Laut. Bis ihm die Tränen kamen, während er wild mit den Armen fuchtelte. Noch nie hatte ich ihn sich so schlapplachen sehen. Plötzlich **blähte sich** sein Körper zu einem Ball. Sprengte sein Roboterkostüm

und schwebte zur Decke empor wie ein **Heißluftballon**.

»Boah!«, rief Kosmonautin Cath. »Der Junge ist ja ein Komet!«

»Das ist neu«, erklärte ich. »Sogar für Larry.«

Larry hüpfte durch die Aula und prallte von lauter hochgestreckten Armen ab. Bis er in Mr Pot krachte, ausrollte und liegen blieb.

»Ein Komet kollidiert mit einem Asteroiden-klops«, kicherte Cath. »Wow, dass ich das mal sehe.«

Die Brüllsäge befahl uns, die **FRESSBRETTER ZU HALTEN**.

Denn es war endlich Zeit für die besondere Ankündigung …

KAPITEL 13

Kosmonautin Cath erklärte, dass die GASA immer auf Erfindungen aus wäre, die für die Weltraumforschung nützlich sind. Aber manchmal würden den Erwachsenen die Ideen ausgehen. Daher gäb's einen landesweiten Wettbewerb, in dem Schüler nützliche Sachen für Weltraumreisen erfinden könnten.

In Wharpgeschwindigkeit schoss eine Reihe von Händen in die Höhe.

»Wäre ein Furzkissen im All nützlich?«, fragten die Prankmans.

»Oder ein Skateboard mit Raketenantrieb?«, setzte Daniel Yoon einen drauf.

»Ich hab milliardenweise Ideen!«, schnappatmete Lena King und hielt ihren Notizblock hoch.

Cath hob lachend die Arme. »Ich kann es gar nicht erwarten. Aber die Herausforderung besteht darin, einen Prototyp zu bauen und zu zeigen, was er kann.«

Dann sagte sie, dass wir uns **alles Mögliche** ausdenken könnten.

»Mir fällt gerade ein, dass mal jemand **gefriergetrocknete Astronauten-Eiscreme** erfunden hat«, fuhr sie fort. »Glaubt mir, das Zeug ist genauso wichtig wie ein **Raketen-Turbobooster.**«

Ich blickte zu Larry, der nun wieder auf Normalgröße war. Ich konnte förmlich sehen, wie es in seinem Hirn larrymäßig ratterte.

Wie gesagt, tüfteln Larry und ich die meisten Nachmittage in Dads Werkstatt an **durchgeknallten** Erfindungen. Wobei Larry die Ideen hat und Dad und ich ihm bei der Umsetzung helfen.

Auf dem Schrottplatz gegenüber von unserem Haus sammelt Larry manchmal wahllos alte Fernseher- und Computerteile auf. Die bringt er dann rüber, um sie in irgendwelche Wahnsinnsgeräte zu verwandeln.

Dad hat einen Geheimdeal mit dem Schrottplatzbesitzer. Daher kriegt er Rabatt auf das alte, kaputte Zeugs. (Was Mum nicht wissen darf, weil Dad sich eigentlich eine neue Geschäftsidee ausdenken soll.

Aber seit dem Curry-Lieferservice-Desaster tüftelt er die meiste Zeit vor sich hin.)

»Gibt's einen Preis für die beste Erfindung?«, fragte Lena King.

»Gut, dass du fragst«, sagte Cath. »Der Schüler mit der besten Erfindung gewinnt einen einwöchigen Aufenthalt im SPACE CAMP für die ganze Klasse – im GASA-Raumfahrt-Geheimtrainingscenter.«

»SPACE CAMP?!?!«, kreischte Lena. »Da müssen wir hin!«

»Genau das ist eure Mission«, sagte Cath. »Aber nicht vergessen: Ihr tretet gegen *alle Schulen des Landes* an. Also, träumt und denkt **groß**. So **groß wie die Galaxie**.«

Ich blickte mich unter meinen Hirnis von Freunden um. Okay, Craglands South ist eine Underdog-Schule. Und wir in der 6a sind alle ein bisschen **durchgeknallt**. Aber vielleicht war ja genau das unser Vorteil. Vor allem gegenüber der Craglands North, dieser privaten Schnöselschule, auf die die reichen Familien ihre Kids schicken.

Mit vereinter Hirnpower und Larrys genialem Erfindergeschick als Geheimwaffe sollten wir meiner Schätzung nach eine Chance haben.

Ich blickte zu Larry. Ein Lächeln breitete sich auf seinem Gesicht aus.

»Träum groß …«, quiekste er.

Wie sich herausstellen sollte, waren seine Träume größer und **verzwickter**, als ich mir je hätte vorstellen können.

KAPITEL 14

In den nächsten zwei Wochen arbeiteten alle **WIE DIE BEKLOPPTEN** an ihren Weltall-Erfindungen. Und laut Direktorin Brüllsäge hatten wir dafür so viel Zeit, wie wir wollten – solange wir die normale Schule gebacken kriegten.

Tag für Tag trichterte uns Ms Triggelty im Speedunterricht bis zur Mittagspause den Stoff ein. Dann verbrachten wir die restliche Zeit mit Entwürfen, Zeichnen, Forschen und Bauen.

Einige arbeiteten in Gruppen.

Einige alleine.

Die Prankman-Zwillinge hatten eine **Spitzenidee** für eine Megaturbozwille, die Astronauten ohne Rakete ins All schießen konnte.

Daniel Yoon entwickelte eine **mörderfette** Weltraumbrille, welche die UV-Strahlen der Sonne reflektierte und über integrierte Surround-Sound-Kopfhörer verfügte.

Lena, Abby und Rebecca arbeiteten an einem **abgefahrenen** Ultraleicht-Weltraumanzug, den man unter normaler Kleidung tragen konnte.

Larry und ich bastelten an vielen Ideen herum.

Zuerst probierten wir es mit einem Weltraumklo, das Astronautenwürste zu nahrhaften Schokoriegeln recycelte. Aber keiner von denen war besonders lecker.

Als Nächstes versuchten wir es mit einem Raumanzug für Bubble O'Blubb. Aber der durchlöcherte ihn dauernd mit seinen Stacheln.

Also beschlossen wir, den ultimativen Mondbuggy zu bauen. Wir nannten ihn den KawaLarrie.

Das Teil war einfach nur **geil!**

Mit seinem Dreifach-Turbolader-Antrieb, den Supergrip-Reifen und einem extra Laderaum für Gesteinsproben. Aber das Beste war, dass der Motor mit Methan lief. Somit musste man nur ein paarmal einen in den Sitz fahren lassen und schon konnte man bis zu einer Stunde fahren.

Wie schon gesagt, einfach nur GEIL!

Wir kriegten es gerade noch rechtzeitig für den Wettbewerb hin.

Doch dann brach eine endzeitmäßige Katastrophe über uns herein.

KAPITEL 15

Am Tag bevor unsere Erfindungen beurteilt werden sollten, bauten wir sie sorgsam in der Aula auf – bereit zur Inspektion durch Kosmonautin Cath. Die sollte am nächsten Morgen von der GASA kommen und entscheiden, ob etwas davon den ersten Preis verdiente.

Es dauerte Ewigkeiten, bis alles **HUNDERTPRO** aussah und funktionierte.

Selbst die Lehrer packten mit an. Unser Sportlehrer, Mr Pot, trug die Erfindungen mit auf die Bühne und unsere Ethiklehrerin Mrs Yilmaz las die Projektbeschreibungen Korrektur.

»Ich bin so stolz auf euch Psychos«, sagte Ms Triggelty, als wir fertig waren.

Direktorin Brüllsäge schmiss für die ganze Schule eine Runde Astronauten-Eiscreme als Belohnung für unsere harte Arbeit. Sie meinte, die Kids an der Craglands South hätten noch nie so schön zusammengearbeitet.

Ich muss zugeben, dass es ein ziemlich cooles Gefühl war. Und Larry und ich waren vor allem auf unseren KawaLarrie stolz.

Aufgeregt wie sonst was wegen des Besuchs von Kosmonautin Cath gingen wir nach Hause.

»Wir müssen einfach gewinnen, Larry!«, sagte ich auf dem Heimweg. »Ich mein, das geht doch gar nicht anders.«

Aber am nächsten Morgen war die Aula leer. Alle Erfindungen waren **WEG**.

»WAS IST DENN HIER PASSIERT?!«, japste Ms Triggelty.

»WO IST UNSER RAUMANZUG?«, heulte Lena King.

»WO IST UNSERE ZWILLE?«, schrien die Prankmans.

»UND MEINE WELTRAUMBRILLE?«, kreischte Daniel Yoon.

»BÖÖÖRP!«, rülpste Larry.

Die Brüllsäge kochte vor Wut.

»Wer. War. Das?«, stieß sie zwischen zusammengebissenen Zähnen hervor, als Larry einen weiteren Rülpser unterdrückte.

Ich sah mich in der Aula um. Und blickte in geschockte, stumme Gesichter. Alle wirkten total unschuldig. Sogar Christoph.

Dann hörte ich draußen etwas. **Wusch. Wusch. Wusch.** Dieses Geräusch erzeugte bei mir eine Gänsehaut. **Wusch. Wusch. Wusch.** Wir spähten durch die Aulatür. **Wusch. Wusch. Wusch.**

Dort, in der hintersten Schulhofecke, kehrte Hausmeister Hackface Laub. Munter pfiff er vor sich hin. Aber etwas an ihm kam uns verdächtig vor.

Dann sahen wir sie. Unsere Erfindungen. Oder das, was davon übrig geblieben war.

Wir waren zu **geplättet**, um uns zu rühren. Die schockerfüllte Stille wurde von dem **Biep-Biep-Biep** eines Müllwagens im Rückwärtsgang unterbrochen. Der den Müllcontainer hochnahm … und im nächsten Moment damit davonbretterte.

»NEIIIIIIIIIIIN!!!«, schrie Lena King, als der Wagen in der Ferne verschwand.

Genau in diesem Moment spazierte Kosmonautin Cath in die Aula.

»Guten Morgen, ihr Weltraumverrückten«, begrüßte sie uns. »Ich erwarte große Dinge von euch!«

Selbst der Brüllsäge hatte es die Sprache verschlagen.

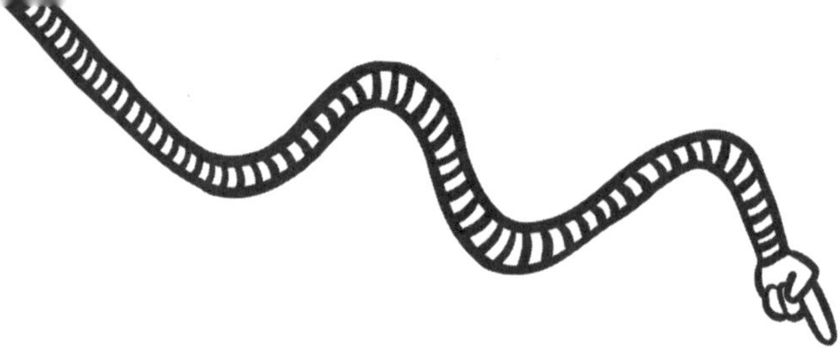

KAPITEL 16

Hausmeister Hackface behauptete, es wäre ein Versehen gewesen.

»Wie jeder wissen sollte«, erklärte er, »werden an der Craglands South jeden zweiten Donnerstag im Monat die Recycling-Container abgeholt. Und wie man auch wissen sollte, sieht das Prozedere vor, dass alle Recycling-Sachen am Vortag in der Aula abgestellt werden.«

Er inspizierte seine spitzen Fingernägel. »Wie sollte ich denn wissen, dass dieses ganze Karton- und Alufoliengedöns kein Müll ist? Also, für mich hat das definitiv wie **Schrott** ausgesehen.«

Wir dachten es alle. Aber nur Lena King sprach es aus.

Hackface musterte sie gleichgültig, mit der Andeutung eines Lächelns auf den Lippen. »Eine sehr ernste Anschuldigung, Miss King.«

Er drehte sich zu Ms Triggelty um und schnöselte: »Hätte man mich zu Ihrem kleinen Weltraumprojekt eingeladen, hätte sich der *unglückliche Vorfall* vielleicht verhindern lassen.«

Ich konnte sehen, wie sich Ms Triggeltys Bizeps spannte. Noch nie hatte sie so **BÖSE** ausgesehen.

»Zu dumm«, fuhr Hackface fort. »Na, bestimmt gibt es irgendwann noch einmal einen Wettbewerb. Außerdem ist es wichtig, dass Kinder lernen, mit

Enttäuschungen umzugehen. Das Leben ist voll davon, meinen Sie nicht?«

Er bedachte Larry und mich mit fiesem Grinsen, als er zur Tür hinausspazierte.

»Aber … aber …«, heulte Lena King und schnappte in kurzen, scharfen Zügen nach Luft. »Was … ist … mit dem … Space … Camp?«

Wir sahen Kosmonautin Cath an.

»Sorry, Leute«, sagte sie. »Aber ich fürchte, ohne Projekte seid ihr nicht für den Space-Camp-Wettbewerb qualifiziert.«

»Aber … aber …«, schluchzte Lena King.

»Eventuell wiederholen wir den Wettbewerb noch mal in einem anderen Jahr«, sagte Cath. »Ich meine, wir haben so viele gute Einreichungen bekommen in diesem Jahr. Ihr hättet die von der Craglands North sehen sollen. Die waren wirklich …«

Sie brach mitten im Satz ab. »Öh …«, schob sie verlegen nach, während Lenas leises Schluchzen durch die Aula hallte.

»Tut mir leid, Leute«, sagte Ms Triggelty. »Schätze, da ist nichts zu machen.«

Cath blickte in unsere enttäuschten Gesichter. Und wandte sich mit halbherzigem Winken zum Gehen.

Da ertönte irgendwo in der Nähe ein leises Klicken.

Larry hielt auf einmal einen seltsamen Apparat in der Hand. Er sah aus wie eine Fernbedienung. Allerdings hatte ich so eine noch nie zuvor gesehen.

Sie war übersät von Tasten, Blinkleuchten und Antennen, die fleißig kreisten und rotierten.

»Larry?«, fragte ich nervös. »Was ist das?«

»Nebenprojekt«, lautete die gepiepste Antwort.

Dann ertönte ein mächtiges RUMS: Irgendwas hatte ein Loch in die Aularückwand gesprengt oder irgendjemand …

KAPITEL 17

FLIEGENDE. ZIEGELSTEINE. ÜBERALL!

Eine Staubwolke verschlang die Aula, Laserstrahlen bahnten sich ihren Weg aus dem Loch.

Alle stießen wie auf Kommando ein **BOAH!** aus.

Der Sound riesiger Hydraulikmotoren erfüllte die Luft, gefolgt vom **GESURRE** irgendwelcher Kolben und dem **GEBRITZEL** statischer Elektrizität.

Dann … STAMPF! STAMPF! Larry kicherte.

STAMPF! STAMPF! STAMPF!

Noch ein **BOAH!** ertönte. Der Staub lichtete sich und ein Riesenroboter tauchte aus den Schwaden auf. Aus dessen Schnabel ein einziger Laut dröhnte:

»QUA!«

»Äh … Larry?«, brachte ich hervor und fügte hinzu: »Was genau … war das noch gleich … für ein Nebenprojekt?«

»Voilà!«, quiekte Larry. »Die erste **WELTRAUM-ROBOTERENTE** der Welt.«

KAPITEL 18

Völlig baff glotzte ich auf Larrys Erfindung. Und erst da dämmerte mir so richtig, welches Genie in diesem Elastohirn steckte.

»Fett!«, sagte Daniel Yoon.

»Hoch zwei!«, meinten die Prankman-Zwillinge.

»Bis ans Universumsende und zurück fett, würd ich sagen«, fügte Cath hinzu. Sie starrte auf die Weltraum-Roboterente. »Was kann die?«

»Das ist dein Moment, Lay«, flüsterte ich.

Larry holte tief Luft und stellte sich neben seine Erfindung.

»Die Weltraum-Roboterente stellt die ultimative intergalaktische Technologie dar«, fistelte er drauflos.

»Sie kann mit bis zu achtundzwanzigfacher Lichtgeschwindigkeit durchs All reisen und hält Temperaturen von minus 1.000 bis plus 5.000 Grad aus.«

Mit ausgestreckten Armen zeigte er auf jedes einzelne Teil der Weltraum-Roboterente.

»Sie ist mit einem Weltraum-Gesteinslabor ausgerüstet, hochauflösenden Kameras und hat in jedem Bein einen vollautomatischen Werkzeugsatz im Schweizer-Armee-Messer-Style zur Reparatur beschädigter Raumschiffe. Plus: Infrarot-Satellitenequipment, das den Orbit aus 173.000 Kilometern nach Kometen, Asteroiden und Meteoren absuchen kann.«

Larry drückte eine Taste auf der Fernbedienung und aus Weltraum-Roboterentes rechtem Bein ploppte ein Becher hervor.

»Sie macht auch Slush-Eis«, fügte Larry hinzu. Ein grüner Slush-Eisberg ergoss sich in den Becher. Larry schlürfte einen Schluck und lächelte. Woraufhin sein Körper erzitterte und der Kopf um die Hälfte **schrumpfte**.

»Ups, Hirnfrost!«, kicherte er.

Lena King sprach exakt das aus, was alle dachten.

»MANN, WIE GEIL!«

»Bis zum Gehtnichtmehr«, fügte Daniel Yoon hinzu. Alles rief jubelnd Larrys Namen.

»Nicht so laut!«, lachte ich.

Kosmonautin Cath sah Larry an. Dann die Weltraum-Roboterente. Dann wieder Larry.

»Wie wird sie angetrieben?«, fragte sie.

Larry lächelte. »Mit Enteneiern.«

Wieder drückte er auf eine Taste. Weltraum-Roboterentes Schnabel klappte auf und gab den Blick frei auf: Eggi McDuckbert. Vergnügt saß er dort in einem winzigen Cockpit.

»Qua!«, piepste er.

»EGGI MCDUCKBERT!!!«, jubelte die ganze Klasse.

»**Eggi McRobot Spacebert** ab jetzt«, strahlte Larry stolz.

»Er war die ganze Zeit bei dir?«, flüsterte ich.

Kichernd zwinkerte Larry mir zu.

»Wahnsinn!«, sagte Cath. »Die GASA wollte schon immer eine Ente ins All schicken. Aber wir haben nie das richtige Gefährt dafür gefunden. Und solch ein Roboter könnte uns bei ein paar geplanten, sehr geheimen Spezialmissionen helfen.«

»Ach ja«, kiekste Larry. »Sie spielt auch eure Lieblingsplaylists.«

»Gibt's ja nicht«, lachte Kosmonautin Cath.

»Gibt's doch!«, antwortete Larry und drückte eine Taste. »Klarmachen zum Abrocken!«

Zwei riesige Lautsprecher tauchten langsam aus Eggi McRobot Spaceberts Brust auf und schmetterten wummernde Musik und Laserstrahlen durch die Aula. Abby Takani fing sofort an, streetdancemäßig abzuzappeln, und alle machten mit – sogar die Brüllsäge.

Bis die Tanzsession von einem wütenden Schrei unterbrochen wurde. Hausmeister Hackface war plötzlich in dem Riesenloch aufgetaucht. Sein Gesicht **rot wie eine Tomate**.

»Und wer repariert die Wand wieder?!«, blaffte er.

Die Musik erstarb. Alle blickten zur Brüllsäge.

»Ich denke, Sie«, sagte sie.

Hausmeister Hackface stampfte mit dem Fuß auf und zeigte auf uns. **»ICH VERLANGE, DASS DIESE KINDER DEN SCHADEN REPARIEREN!«**, kreischte er.

»Oh, dafür werden sie viel zu beschäftigt sein«, grinste Kosmonautin Cath. »Denn die 6a geht ins **SPACE CAMP**!«

KAPITEL 19

Zwei Wochen später winkten wir unseren Eltern zum Abschied und pfropften uns in einen Bus mit Ziel GASA.

Keine zwei Minuten später hielten wir wieder am Straßenrand, weil Christoph vom Fahren schlecht geworden war.

Zehn Minuten später drehten wir um, damit René Grossman seinen Python zurück nach Hause bringen konnte.

Und nach zwanzig Minuten stoppten wir wegen Steven Lippman mitten auf der Autobahn, damit seine Mum ihm den vergessenen Schmuseteddy geben konnte.

»Können wir nicht einfach mal fahren?!«, stöhnte Lena King.

Wir waren zu einem **Geheimort** unterwegs, irgendwo mitten in der Wüste.

Unsere Eltern hatten in einer Spezialerklärung unterschrieben, dass wir die Lage des Space Camps nicht verraten würden. Offensichtlich weil die GASA dort an topgeheimen Weltraumprojekten tüftelte und nicht wollte, dass irgendwelche **SPIONE** was rausbekamen. Selbst unsere Lehrer durften nicht rein.

Die Bustour dauerte drei Tage. Eigentlich zwei. Aber es wurde unfassbar windig und unsere Koffer segelten dauernd vom Dach.

Zum Glück fiel Larry eine Lösung ein.

Wir waren alle supererleichtert, als wir schließlich nach einer gefühlten Ewigkeit vor dem Space-Camp-Tor ankamen.

»Endlich im Paradies«, seufzte Lena King.

»Hab Schiss«, gab Steven Lippman von sich und krallte sich an seinen Teddy.

»M...muss mal«, stotterte Lenny ängstlich.

»Ich zuerst!«, brüllte Christoph Grubber. Schon stampfte er an allen vorbei und rüttelte am riesigen Metalltor.

Sirenen **heulten**.
Larry **rülpste**.
Christophs Körper
leuchtete auf und
wurde mit einem gewaltigen
BRATZ! in die Luft gefetzt.

Er krachte auf den Boden und war augenblicklich von Wachleuten in gruseligen Schutzanzügen umzingelt.

»Bin ganz matschig in der Birne«, wimmerte er.

Einer der Wachleute half ihm auf die Beine.

»Nicht das Tor anfassen«, sagte er.

Ms Triggelty wünschte uns am Eingang Glück, als wir unsere Koffer durch die Spezialsicherheitsschleuse schleppten.

»Macht mich stolz, ihr Knallköppe!«, rief sie.

Alle taten, als merkten sie nicht, dass sie sich

heimlich die Augen mit einem Taschentuch tupfte. Fast alle …

»Heulen Sie etwa, Ms T.?«, posaunte Daniel Yoon.

»Nur 'n bisschen Weltraumstaub«, antwortete sie. »Und jetzt schwingt eure Hintern rein, wenn ich nicht reintreten soll.«

Die erste Station war ein Ganzkörperscanner. Um sicherzugehen, dass wir keine gefährlichen Objekte bei uns hatten. Larrys Bild dauerte am längsten.

Dann brachte man uns zu einer Tür mit der Aufschrift SPACE-CAMP-UNIFORMEN.

In dem Raum dahinter türmte sich eine Wand aus Metallkisten, die allesamt beschriftet waren mit: **RAUMANZÜGE. NICHT ANFASSEN!**

»Ich zuerst!«, brüllte Christoph. Schon flitzte er los, schnappte sich eine Kiste und … wurde wieder mal in die Luft gefetzt.

»Nicht die Kisten anfassen«, sagte eine Wache, als Christoph krachend wieder landete.

»Meine Nieren fühlen sich wie getoastet an«, stöhnte er.

In dem Moment wussten wir's noch nicht. Doch schon bald sollten wir uns noch viel getoasteter vorkommen als Christophs Nieren.

KAPITEL 20

Mit einem **Fffffft** glitt eine Tür auf – und Kosmonautin Cath kam herein.

»Willkommen im Space Camp, 6a!«, sagte sie. »Wer ist bereit für das Training?«

»Ich!«, kreischte Lena King.

Alle stimmten ein, während wir Christoph ignorierten, der auf dem Boden wieder nach vorne robbte.

»Okay«, meinte Cath. »Das Wichtigste im All ist, gut auszusehen. Also, sehen wir mal, dass ihr was Richtiges zum Anziehen kriegt.«

Wir zogen unsere Uniformen an. Sie passten

perfekt. Im Space Camp zu sein, fühlte sich sofort richtig echt und voll spitze an.

»Also, dank Larry und seiner Weltraum-Roboterente«, verkündete Cath, »werdet ihr auf eine topgeheime Fünf-Tage-Trainingsmission gehen, wie sie KEIN KIND AUF ERDEN je erlebt hat. Ihr werdet physisch, mental und darmtechnisch geprüft.«

»Moment mal«, flüsterte Lenny Battisto. »Hat sie etwa gerade ges…?«

»Und wenn ihr all das«, schnitt Cath ihm das Wort

ab, »mit heilen Körpern, Hirnen und Gedärmen überlebt, werdet ihr nicht nur Zeugen des Starts unserer neuesten Rakete sein, der Galaxy 5003, sondern auch offizielle Space-Camp-Absolventen.

Als Spezialgäste hier bei der GASA bekommt ihr als Erstes unseren brandneuen Space-Camp-Aufnäher.«

Sie zog einen glänzenden Aufnäher aus der Tasche.

Das versuchten wir gleich mal auszusprechen.

»Die Spezialtränen …«

»Interkacktische …«

»Extraterroristische …«

Niemand kriegte es auf die Reihe.

»Moment mal«, sagte ich und las langsam vom Aufnäher ab. »Die Spezialtrainierten Intergalaktischen Ninja-Kids im Extraterrestrischen Raum?«

»Genau«, meinte Kosmonautin Cath lächelnd.

»Ähm«, brachte ich zögernd hervor. »Das heißt **STINKER**.«

Cath starrte auf die Anfangsbuchstaben. Ihr Lächeln verblasste. »Oh, oh.«

Larry kicherte los. »STINKER!«

»Will kein Stinker sein!«, plärrte Christoph.

»Zu spät!«, meinten die Prankmans.

»Mist«, sagte Cath und schlug sich mit der Hand an die Stirn. »Das kommt dabei raus, wenn man *ein* Mal das Marketing ranlässt.«

Sie sprach in ein kleines Mikro an ihrem Kragen. »Mission Control, hier Cath. Wir müssen die Space-Camp-Aufnäher umgestalten. Und den Namen ändern in …«

Sie rieb sich das Kinn und sah uns an. »Irgendwelche Ideen?«

»Wie wär's mit **URANUS**-Crew?«, schlug Daniel Yoon begeistert vor. »Steht für Ultra-Krasse-Astrein-Knorke-Ultra-Space-Crew.«

»Nicht übel«, meinte Cath. »Nur dass ›Krass‹ nicht mit R anfängt und ›Knorke‹ nicht mit N.«

»Och, Mann«, brummte Daniel und ließ die Schultern sinken.

Kollektives Kopfgekratze.

»Wir können euch nicht ohne einen Spitznamen ins All schicken«, sagte Cath.

»Wie wär's mit **ASTEROIDS**?«, fragte ich.

»Die ASTEROIDS«, wiederholte Cath bedächtig. »Gefällt mir. Wofür steht das?«

»Die Astreinen-Space-Terror-Elite-Rabauken-Ober-Intergalaktischen-Doppel-Spacer.«

Alles brach in Jubel aus.

»Volltreffer!«, lobte Cath.

»Du solltest Autor werden.«

Sie griff an ihren Ausrüstungsgürtel und holte einen spacig-coolen Kopfhörer raus, den sie Larry gab.

»Besser, ich leih dir meinen Astrogehörschutz, Lauch«, sagte sie. »Der hat subatomare Kräfte. Während des Trainings werdet ihr krassen Geräuschen ausgesetzt sein und wir wollen doch nicht, dass du nonstop rülpsen musst.«

Larry setzte sich Kosmonautin Caths Kopfhörer auf.

»Sieht klasse aus, Lay«, sagte ich. »Kannst du mich hören?«

»Dreh die Bässe auf«, piepste Larry. »Wir starten ins All.«

Erneut brach alles in Jubel aus.

Cath sprach in ihr Kragenmikro. »Mission Control, Craglands-South-

Space-Camper bereit für Trainingstag eins. Ihr Rufname lautet ASTEROIDS. Und mein Gefühl sagt mir, dass sie es gleich bei der ersten Aufgabe krachen lassen werden.«

Kosmonautin Cath hatte recht. Wir *würden* es krachen lassen.

Aber anders als gedacht.

KAPITEL 21

»Mein Hirn **läuft aus**!«, kreischte Christoph.

»Ne, tut's nicht«, sagte Lena. »Fühlt sich nur so an.«

»Aber es kommt aus den Ohren raus!«, beharrte er.

Wir hingen kopfüber in einem gigantischen, runden Raum: der sogenannten **Schwerelosigkeit-Akklimatisationskammer**.

Was nur ein hipper Begriff für »sich an was gewöhnen« war, wie Cath uns verklickert hatte.

Die Kammer war dazu gedacht, Astronauten-Azubis an die Schwerelosigkeit zu gewöhnen. Was bedeutete, dass alle, mit den Füßen an einem Bündel

Kabel festgehakt und mit **DEN KÖPFEN NACH UNTEN**, von der Decke gelassen wurden.

Um es extra realistisch zu machen, waren Boden und Wände mit Sternen bemalt, während die Decke wie die Mondoberfläche aussah. Nach einer Minute dachte man echt, man würde im All schweben.

»Ich will die Schwerkraft wieder!«, schrie Christoph, während er sich wie verrückt um sein verdrilltes Kabel drehte.

»Vergiss es!«, rief Daniel Yoon. »Das ist hammer!«

Daniel hatte recht. Es *war* hammer. Wenn man nach unten guckte, hatte man das Gefühl, als würde man ins All treiben. Und sah man hoch, blickte man auf die kraterübersäte Mondoberfläche. Das Ganze **rockte** so was von.

»Wie im Paradies!«, schrie Lena King und schwang die Arme wie eine Ballerina umher.

»Noch besser als das Mal, als wir im Freizeitpark nach siebzehn Hotdogs noch mit der Todesstern-Bahn gefahren sind«, lachten die Prankmans.

Caths Stimme kam krächzend über Lautsprecher. »Okay, ASTEROIDS, ich aktiviere gleich die Beschleunigungsmaschinen.«

»DIE W…W…WAS?«, schrie Christoph.

»Der Raum wird sich gleich drehen«, erklärte Cath. »Könnte sein, dass euch leicht schwindlig wird.«

»Ist mir schon!«, jaulte Christoph.

»Aktivierung in fünf, vier, drei, zwei, eins.«

Mit lautem **Katschung!** begannen die Wände sich zu drehen. Obwohl wir nur an einem Punkt hingen, hatten wir durch die rotierenden Sterne das Gefühl, als wären wir inmitten eines Weltraumzyklons.

»Mami!«, kreischte Christoph.

»Ich will mein Mittagessen zurück!«, stöhnte René Grossman, dem die Kotze von der Stirn tropfte.

»UND ICH WILL, DASS DAS NIE AUFHÖRT!«, schrie Lena.

Die Sterne um uns herum waren jetzt nur noch schemenhafte Linien. Ein ohrenbetäubendes **PHTT-PHTT-PHTT** erfüllte die Kammer. Es war das abgefahrenste Gefühl, das ich jemals erlebt hatte. Wieder kam Caths Krächzstimme aus dem Lautsprecher. »Füge Sonnensturm hinzu.«

Mit mächtigem **WHUMP-WHUMP-WHUMP-WHUMP** bliesen Hochleistungsventilatoren von überall heiße Luft rein. Nun schrien alle. Unsere Körper wirbelten herum wie Wäsche an der Leine während eines Tornados.

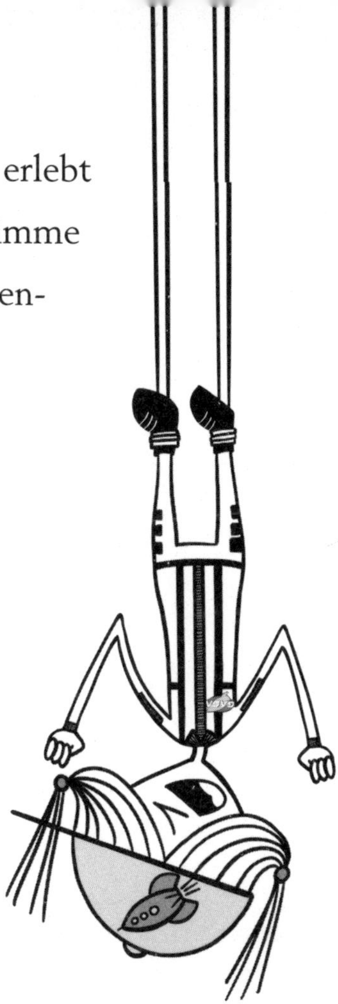

Ich merkte, dass meine Aufregung sich in etwas anderes wandelte. In so was wie … Angst. Magen-umstülpende, zähneklappernde, dünnpfiffmäßige Angst.

Dann nahm ich Larry wahr.

Sein Körper hatte sich bis zur Decke gedehnt. Oder dem Boden. Oder was auch immer.

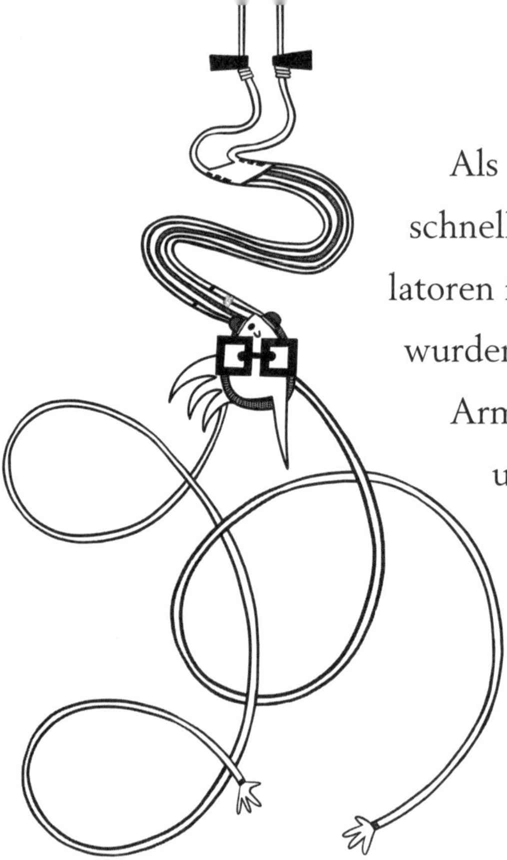

Als die Kammer sich immer schneller drehte und die Ventilatoren immer heftiger bliesen, wurden sein Körper sowie Arme und Beine länger und länger. Bis er aussah wie ein gigantisches Spaghettiknäuel.

»Alles okay, Lay?!«, rief ich.

Kichernd versuchte Larry, mir ein Daumenhoch zu zeigen. Aber seine Hand wurde vom Sturmwind weggerissen, woraufhin sich der Daumen in Christophs Nasenloch rammte.

»Ihhh!«, sagte ich.

»AUUUA!«, jaulte Christoph.

»Oh, oh«, piepste Larry. Sein Arm hatte sich um Christoph geschlungen und ihn eingewickelt wie eine …

»Mumie!«,
kreischte Christoph.

Doch da begann sich Larrys anderer Arm schon um Steven Lippmans Bauch zu wickeln. Und Sekunden später hatte Larry sich um uns alle gewickelt.

Ein merkwürdiges KNIRSCHEN ertönte. Rauch quoll aus den Ventilatoren. Rote Lampen blinkten in der Kammer auf.

Dann sah ich, wie Larrys Gehörschutz langsam runterrutschte.

»Oh, oh«, piepste Larry erneut.

KAPITEL 22

»WARNUNG! ÜBERLASTUNG! DROHENDER SYSTEMAUSFALL!«, dröhnte eine Computerstimme.

»Stoppt den Lärm!«, flehte ich.

»Ich muss Pipi!«, jammerte Lenny Battisto.

»Ich auch«, schloss sich René Grossman an.

»Mir kommt gleich ’ne Wurst!«, schrie Christoph.

»NEIIIIIIIN!!!!«, kreischte Lena.

»Larry!«, sagte ich und versuchte, an ihn ranzukommen. »Dein Gehörschutz!«

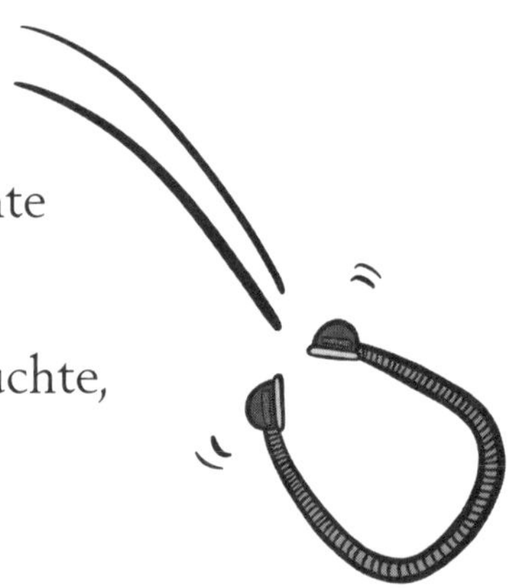

Aber Larrys Arme waren so dermaßen verheddert, dass er beim besten Willen nicht an seinen Kopf kam. Der Gehörschutz flog in dem Moment davon, als ein **ohrenbetäubender** Alarm durch die Kammer heulte.

»Larry! Ohren zuhalten!«, japste ich. Leider zu spät.

»Showtime«, sagte er.

Er blähte sich auf wie ein riesiges Furzkissen, während sein Körper die ganze Kammer füllte.

O *nein*, dachte ich. Ich hatte keinen Schimmer, welche Auswirkungen eine Null-Schwerkraft-und-großer-Lärm-Kombi auf Larry haben würde. Aber ich schätzte, keine gute.

Ein **Gurgeln** echote durch die riesige Kammer und übertönte den Alarm. Es klang wie eine Riesenwaschmaschine voller Wackelpudding.

»Alle die Luft anhalten!«, schrie ich. »Und Nase zu!«

Es gab überhaupt kein Halten mehr für Larrys

Nervöser-Magen-Rülpseritis. Sein Stoßrülpser röhrte heraus, als würden hundert Kamele in hundert Nebelhörner grunzen. Nur schlimmer.

Dann kam der Gestank. Und was für einer! Als würden einem tausend Kamele DIREKT IN DIE NASENLÖCHER PUPSEN.

Christoph zeigte auf Steven. »Will seinen Teddy.«

Langsam hörte die Kammer auf, sich zu drehen. Licht strömte herein.

»Jetzt wissen wir, wie Uranus *wirklich* riecht«, ächzte Daniel Yoon, von Hustenattacken geschüttelt.

»Könnte man das doch nur in Flaschen füllen und verkaufen«, meinten die Prankman-Zwillinge.

Kosmonautin Caths Stimme hallte kichernd aus den Lautsprechern.

KAPITEL 23

Den Rest des Nachmittags mussten zuerst alle von Larry entwirrt werden, bevor man ihn selbst aus dem Kabelsalat in der Kammer befreite. Sein Raumanzug war in Fetzen geschreddert.

Er aber kicherte sich einfach durch die ganze Prozedur.

»Du bist sogar noch ungewöhnlicher als deine Roboter-Weltraumente«, sagte Cath zu Larry. »Aber wenn du im Space Camp überleben willst, ohne dir die Seele rauszurülpsen, brauchst du einen besseren Gehörschutz.«

Sie gab Larry ein Päckchen. Vorsichtig öffnete er es.

»Die sind brandneu, frisch aus dem Labor«, erklärte sie, als Larry zwei schimmernde Metallohrstöpsel herausholte. »Wir nennen sie **Pluto-Stöpsel**. Sie passen sich perfekt in deine Ohrlöcher ein und blocken Lärm ab. Die bringt nichts zum Rausfallen.«

»Krass!«, fand Daniel Yoon.

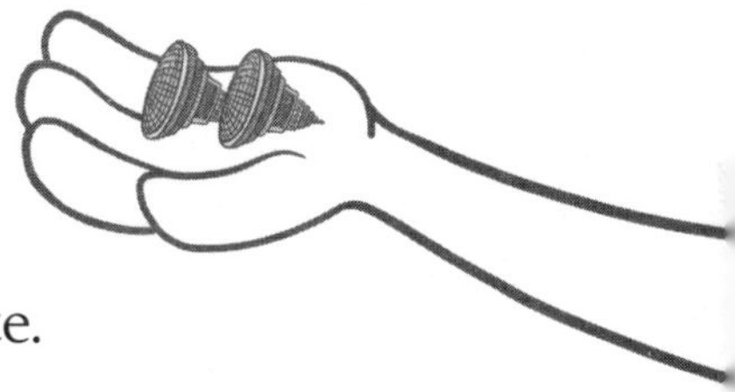

»Aber wie soll Larry dann was hören?«, fragte ich, als mein Freund sie sich in die Ohren stopfte.

»Die blocken bloß *laute* Sachen ab«, antwortete Cath. »Also nur richtigen Krach. Daher kann Larry alle normalen Geräusche hören, ohne irgendwelche Larry-Reaktionen. Und außerdem«, fügte Cath hinzu, »haben meine Laborkumpel noch diesen superelastischen Raumanzug für dich zusammengebastelt, Larry. Den sogenannten **Flexo-Suit**. Damit solltest du dich

dehnen, schrumpfen oder aufblasen können, ohne Löcher reinzureißen.«

»Schick *und* praktisch!«, freute Larry sich und schlüpfte kichernd hinein.

Nach dem Vorfall in der Schwerelosigkeit-Akklimatisationskammer sollte das Training damit nun entspannter sein, dachten wir. Falsch gedacht.

Für die nächste Trainingsmission brachten uns die Wachleute in einen riesigen Tunnel. Und wiesen uns an, dort drinnen zu warten …

Es war **stockfinster**.

»O Mann«, flüsterte ich Larry zu. »Finster wie im Bärenhintern.«

»Deswegen nennen wir diese Trainingseinheit auch Schwarzes-wie-im-Bärenhintern-Loch-Mission«, erklärte Cath und entzündete eine Fackel.

»Ahhh!«, schrie Christoph auf. »Sie haben mich erschreckt!«

»Ein guter Astronaut muss auf alles vorbereitet sein«, antwortete Cath. Sie beugte sich herab, sodass ihre Nasenspitze buchstäblich Christophs berührte. »Und ein *Super*astronaut flippt niemals aus!«

»Die wird von Tag zu Tag toller«, flüsterten die Prankman-Zwillinge.

»Also«, fuhr Cath fort. »Wer kann mir sagen, was ein Schwarzes Loch ist?«

»Das ist so was wie eine Riesengrube, die im All schwebt«, meinte Lena. »Nur dass sie eben nicht wie 'ne normale alte Grube ist. Sondern eher, als hätte sie einen gigantischen Atomstaubsauger in sich. Und alles, was in die Nähe kommt, wird eingesaugt.«

»Fett«, murmelte Daniel Yoon.

»Doppelfett«, fanden die Prankmans.

Kosmonautin Cath erklärte, dass die nächste Trainingseinheit demonstrieren würde, wie es war, von einem Schwarzen Loch eingesogen zu werden.

»Klingt irgendwie gar nicht gut«, sagte Steven Lippman und quetschte nervös seinen Teddy.

Kosmonautin Cath zeigte auf ein Schild, das auf den Boden gemalt war.

»Eure Mission ist simpel«, sagte sie. »Schafft es ans andere Tunnelende und drückt den Deaktivierungs-Knopf, ohne rückwärts ins Schwarze Loch gesogen zu werden.«

»Moment!«, rief René hastig und starrte hinter uns in die Finsternis. »Ist dahinten etwa ein *echtes* Loch?«

»Wenn's das wäre, bestündest du jetzt schon aus einer Million Teilchen«, kicherte Cath. »In wenigen Augenblicken aktiviere ich einen riesigen Sauger, der die Effekte eines Schwarzen Loches so echt wie möglich nachstellt. Ich entschuldige mich schon im Voraus, falls es euch das Fleisch vom Skelett fetzt und jedes Körperatom mit 25.000 Lichtjahren in der Sekunde auseinandergerissen wird.«

»Moment«, japste Steven Lippman. »Was hat sie da gerade gesagt?«

»Auf geht's, 6a!«, unterbrach Lena das Geplänkel.

»Wie kommen wir überhaupt ans andere Ende?«, fragte ich und starrte in die Schwärze.

Wieder kicherte Kosmonautin Cath.

KAPITEL 24

Der Sauger schnappte ohne Vorwarnung nach uns. Es war, als würden sich unsichtbare Hände um unsere Hüften krallen.

Augenblicklich verschwanden René, Lenny und Steven kreischend in der Dunkelheit.

Larrys Körper flatterte wie ein Drachen im Sturm. Völlig unkontrolliert kicherte er vor sich hin.

»Warum **lachst** du?«, fragte ich.

»Kitzelt!«, gluckste er.

Während alle anderen schrien. Ich blickte zurück und sah weitere von uns in die Finsternis sausen.

Meine Haare fühlten sich an, als würden sie aus der Schädeldecke reißen. Ich versuchte, mich mit den Zehen an den Boden zu krallen. Aber jede Minibewegung erforderte fast übermenschliche Kräfte.

»MEINE SCHÖNEN AUGÄPFEL!«, jaulte Christoph.

Caths Stimme hallte aus der Sprechanlage und übertönte den Krach des Riesensaugers. »Intensiviere Schwarzes-Loch-Kraft in fünf, vier, drei, zwei, eins.«

»INTENSI… WAS?!«, kreischte ich. **»WIESO?«**

Keine Antwort. Nur das Gefühl, als würden mir die Ohren auf den Hinterkopf gezogen. Meine Klamotten hielten sich kaum noch am Leib.

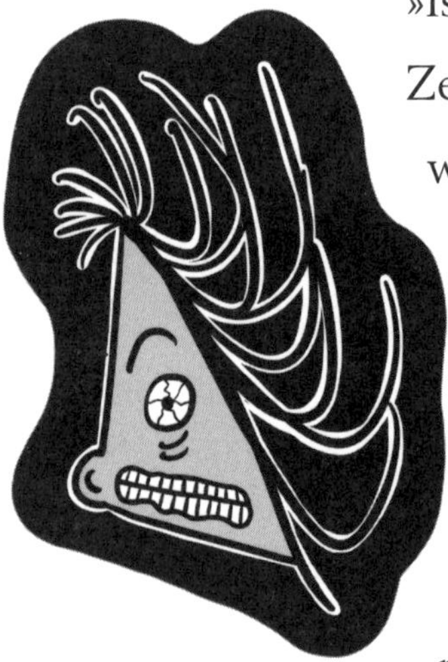

»Ist vermutlich nicht der beste Zeitpunkt, um es zu sagen«, hörten wir Cath. »Aber ich fürchte, das Space Camp ist für alle vorbei, falls keiner die Mission schafft.«

»Wa…?«, schrie Christoph. Er hatte nicht mal das Miniwort geschafft, als es ihn auch schon mit einem **WHUMP** davonfetzte. Wie ein Tischtennisball, der von einem Staubsaugerrohr angesaugt wurde.

»Sorry, ASTEROIDS«, sagte Cath. »Aber im All geht's immer um Leben oder Tod.«

Abby Takani verschwand mit einem weiteren **WHUMP**. Augenblicklich gefolgt von den Prankmans.

»Nicht mehr viele übrig jetzt«, meinte Cath.

Larry, Lena und ich waren die Einzigen, die noch auf den Beinen waren.

»Hinlegen! Ab in die Horizontale«, schrie ich – in der Hoffnung, wir könnten dem Sog auf dem Boden besser entgehen.

Erst da merkte ich, dass Larry nicht mehr neben mir war. Ich blickte zurück. Lena strampelte sich hinter mir ab, mit zusammengebissenen Zähnen und wilden Flatterzöpfen.

Aber kein Larry.

Mit Entsetzen wurde mir klar, dass er mit den anderen weggesaugt worden sein musste.

Ich spähte nach hinten in die Tunnelschwärze.

»Erhöhe Schwarzes-Loch-Sog in zehn Sekunden!«, verkündete Cath.

Kreischend verschwand Lena im Schwarzen Loch.

Das ist nicht zu schaffen, dachte ich. *Unmöglich!*

Doch genau dann geschah das Unmögliche …

KAPITEL 25

Etwas schlang sich fest um meine Hüfte. Etwas, das sich verdächtig nach einem riesigen Gummitentakel anfühlte.

Im ersten Moment wollte ich es wegreißen. Bis mir klar wurde, dass ich zwei Moonboots im Gesicht hatte.

Die Boots waren mit dem Ding verbunden, das sich um meine Brust gewickelt hatte. Beine. Sehr **elastische** Beine. Ich spähte vor mir in die Finsternis. Dann sah ich plötzlich zwei Arme auf mich zuflattern.

»Larry!«, keuchte ich. »Wie hast du das hingekriegt?«

»Babyeierleicht«, piepste direkt über mir eine Stimme. Larrys Kopf schwebte über meinem. Sein Gummikörper dehnte sich bis sonst wohin.

»Menschen-Bungee«, kicherte er nur.

Larry hatte seine Arme bis zu einer Stange am anderen Ende des Tunnels gestreckt. Um die er dann seinen Bauch gewickelt hatte, um Oberkörper und Arme gleich darauf zurück zum Schwarzen Loch zu strecken.

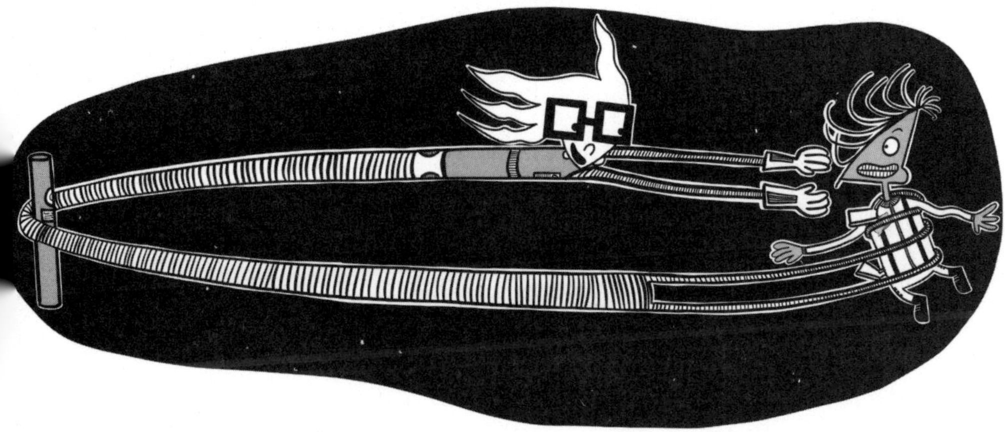

»Festhalten!«, sagte er. Mit einem gewaltigen **ZING** wurde ich ans ferne Tunnelende gezwillt – das dann eigentlich gar nicht so fern war!

Ich griff nach der Metallstange, um die Larry gewickelt war. Und während ich mich um mein Leben **drankrallte**, sah ich plötzlich einen grünen Knopf leuchten. Ich las das Schild darunter.

Das wollte ich gerade tun, als Larry meinte: »Nicht drücken, Pod!«

Die Rettungsmission ging weiter.

Larry knotete seine Knöchel um die Stange und flitschte mit einem mächtigen **ZOING!** zum Schwarzen Loch zurück.

Buchstäblich wie ein Horizontal-Bungee **dehnte** er sich vom Ende des finsteren Tunnels zum Anfang.

Dann kam er mit den Prankmans **angesirrt**.

Ein weiterer Satz und er **flippte** mit Daniel Yoon, Abby, Lena und Rebecca zurück. Als Nächstes kamen Lenny, Nathan und Steven dran.

Begleitet vom Ventilatorengedröhne und unseren erleichterten Rufen, **hechtete** er noch einmal ins Schwarze Loch. **Flatternd** morphte sich sein Körper davon. Erst nach einer kleinen Ewigkeit **flitschte** er wieder mit Christoph zurück, der in Larrys Armen wild herumzappelte.

»Hey!«, schrie Christoph. »Ich hab dahinten noch was gesucht!«

Ich drückte den grünen Knopf. Die Ventilatoren stoppten. Die Lichter gingen an.

Larry war mit uns allen komplett verheddert und kicherte.

»Du hast es geschafft, Lay!«, sagte Lena. »Hast uns direkt aus dem Schwarzen Loch geholt!«

»Geile Rettungsaktion, Lay!«, meinte ich.

»Hab mich nur langgemacht«, piepste Larry.

Dann tauchte Cath auf, ein breites Lächeln im Gesicht. »Sehr beeindruckend, 6a!«, sagte sie. »Zum ersten Mal haben alle Mitglieder eines Teams die **Schwarzes-wie-im-Bärenhintern-Loch-Mission** überlebt. Besonderes Lob an Larry Lauch.«

Alle brachen in Jubel aus.

Nur Christoph nicht. »Weiß gar nicht, warum ihr so ausflippt«, schnaubte er. »Der hat nicht mal meine Hose gerettet.«

KAPITEL 26

Unsere Missionen wurden härter und härter. Wir mussten ein Spaceshuttle-Modell neu anstreichen, während wir in der Schwerelosigkeit schwebten. Wobei Nathan einen Großteil der Farbe futterte.

Dann ging es ab ins Gyroskop. Was so was wie eine runde Schaukel ist, die sich in drei Richtungen gleichzeitig bewegt. Damit sollte der Flug im All simuliert werden.

Aber bei uns simulierte es nur, wie es ist, wenn sich der Magen außerhalb des Körpers befindet.

Als Nächstes wurden wir in Metallfässer gestopft und von einem **enorm hohen** Sprungbrett geworfen. Um zu simulieren, wie es ist, mit einer Weltraumkapsel im Ozean zu landen.

Wie sich herausstellte, war es exakt so, wie in ein Metallfass gestopft worden zu sein, das von einem enorm hohen Sprungbrett geworfen wurde.

Die **übelste** Mission aber war das Kopfüber-Klo, mit dem die Astronauten die Toilettenbenutzung bei Schwerelosigkeit trainieren. Bei der wären wir **fast durchgedreht**.

Zum Glück tauchte Cath dann am Abend mit einer tollen Nachricht auf, als wir gerade beim Nachtisch saßen. Wegen unserer überragenden Leistungen hatte sie dafür gesorgt, dass wir am nächsten Morgen von einem speziellen VIP-Platz aus den Start der **brandneuen GASA-Rakete** verfolgen durften: der Galaxy 5003.

»Das ist der wichtigste Raketenstart der GASA-Geschichte«, erklärte Kosmonautin Cath. »Die Galaxy 5003 soll eine Sonde in den Erdorbit bringen, mit deren Hilfe wichtige Informationen über den Klimawandel erfasst werden.«

»Och«, nuschelte Christoph, der sich gerade das Gesicht mit Astronauten-Eiscreme vollspachtelte. »Mein Dad sagt, den Klimawandel hätten sich nur irgendwelche Hippies ausgedacht. Steht auch so im Internet.«

»Im Internet steht auch, dass zu viel Astronauten-Eiscreme den Kopf in einen Eselshintern verwandelt«, konterten die Prankmans.

Worauf Christoph sich nach einem Spuckanfall komplett einsaute.

»Kleiner Scherz«, meinten die Prankmans.

»Einen normalen Raketenstart«, fuhr Cath fort, »würdet ihr mit Ferngläsern aus zehn Kilometern Entfernung verfolgen. Aber wir lassen euch das Ganze direkt aus der **GASA-Simulator-Rakete** miterleben.«

»Was ist eine Simulator-Rakete?«, fragte Steven Lippman nervös.

»Eine genaue Nachbildung der echten Rakete«, sagte Lena King. »Ausgerüstet mit Supercomputern, wodurch sie genau dasselbe wie die echte Rakete macht, ohne den Boden zu verlassen.«

»Korrekt«, bestätigte Kosmonautin Cath. »Wir setzen sie fürs Astronautentraining ein. Wenn die Galaxy 5003 also zum Beispiel virbriert, vibriert der Simulator haargenau so.«

»Und wenn die Galaxy 5003 voll heiß läuft, läuft auch der Simulator voll heiß«, fügte Lena hinzu.

»UND WENN DIE GALAXY 5003 IN EINEM RIESENFEUERBAll EXPLODIERT UND ALLE ZU SCHWARZEN KNUSPERFLAKES VERBRUTZELN?«, fragte Daniel Yoon munter.

»Kann nicht passieren«, antwortete Cath. »Ist sowieso 'ne *unbemannte* Rakete.«

»Oh«, meinte Daniel. »Schade.«

»Die Kameras an der Spitze der Galaxy 5003 übertragen direkt auf die Bildschirme im Simulator. Dadurch kommt es einem vor, als würde man wirklich im All sein«, erklärte Cath.

»Mist, hätte zu gerne das Knusperflakes-Feeling erlebt«, haute Daniel noch einen Klopper raus. Wie sich herausstellte, sollte sich sein Wunsch schneller erfüllen, als irgendeiner von uns sich in seinen übelsten Albträumen hätte vorstellen können ...

KAPITEL 27

Wisst ihr noch, wie Renés Python unser Original-Ei verputzt hat? Na ja, das war nicht das Letzte, was wir von dem Viech sehen sollten. Wie gesagt: Wenn jemand die Schuld an allem hat, dann der Python und *nicht* Larry. Denn dann passierte das:

Am nächsten Morgen mussten wir um fünf Uhr bereit sein, damit Cath uns zur Simulator-Rakete bringen konnte.

Um 4 Uhr 45 glitt Renés Python in unseren Schlafsaal. Um René zu finden. Als der ihn auf dem Weg ins Space Camp nämlich aus dem Bus gebracht hatte, wollte das Tier absolut nicht zurück in sein Gehege.

Dabei hatte René alles versucht. Aber der Python hatte sich einfach um ihn geschlungen. Wie sich herausstellte, sind die beiden megadicke miteinander.

Und weil draußen vor dem Haus schon alle ungeduldig im Bus warteten, beschloss René, die Schlange wieder in die Tasche zu schmuggeln und mit ins Camp zu nehmen.

Als Christoph am Eingangstor getoastet wurde, nutzte René diese Ablenkung. Heimlich ließ er die Schlange in ein altes Fass gleiten, das vor dem Campzaun stand.

Jeden Abend schlich René sich mit kleinen Leckerlis nach draußen.

Aber im Laufe der Woche fühlte sich der Python allein und beschloss, René zu suchen.

So kam es, dass er sich im Schlafsaal über den Boden **schlängelte** – gerade als Cath reinkam.

Unglücklicherweise sind Schlangen das Einzige im gesamten Universum, wovor Cath Schiss hat. Kaum sieht sie eine, **erstarrt** sie **zu Stein**.

Am Startmorgen der **brandneuen GASA-Rakete** bot sich René daher beim Aufwachen ein besonderer Anblick: Sein Python hatte sich komplett um das Gesicht der ohnmächtigen Cath geschlungen.

Eins stand fest: Das roch nach RIESENÄRGER! Und klar wusste René, dass er besser jemandem davon erzählen sollte. Wenn er nur nicht so viel Angst gehabt hätte, dass sein Python konfisziert werden würde.

Statt also jemandem zu sagen, dass sein Python gerade die führende Astronautin der GASA ausgeknockt hatte, verfrachtete er Cath in einen Wäscheschacht im Korridor.

Dann versteckte er das Tier in seiner Hose.

Danach weckte René uns und erzählte, dass Kosmonautin Cath bereits weg war (was ja auch irgendwie stimmte), dass wir alle schon mal direkt zur Simulator-Rakete gehen sollten (was nicht stimmte) und sie ihm gesagt hätte, wie man dorthin käme (was **definitiv <u>nicht stimmte</u>**).

So verschlug es die 6a in die **<u>richtige</u>** Galaxy 5003. Nur Augenblicke, bevor sie abheben sollte …

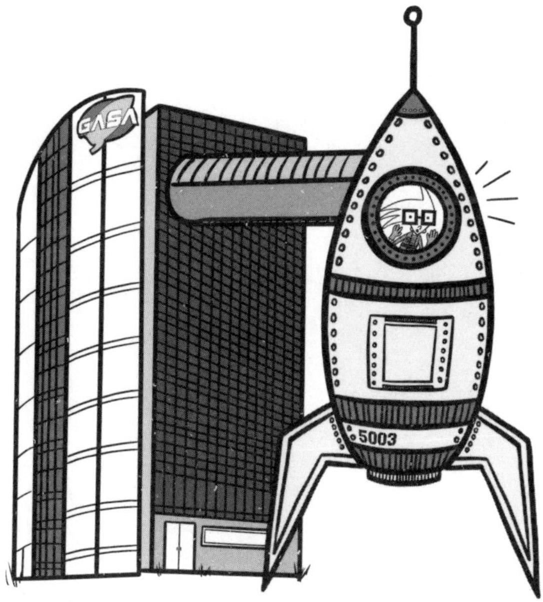

KAPITEL 28

»*Voll* der Billig-Fake, dieser Simulator«, meinte Christoph, während er auf dem Steuerpult an irgendwelchen Schaltern herumschnipste. »Hoffentlich ist die echte Rakete robuster.«

Wir hatten uns alle in das winzige Cockpit gequetscht und warteten auf Instruktionen von Kosmonautin Cath.

Niemand merkte, wie **supernervös** René war. Oder dass er einen **LEBENDEN PYTHON** in seinem Raumanzug versteckt hatte.

Wäre Cath nicht k. o. gewesen, hätte sie den Fehler vielleicht bemerkt.

Und womöglich entdeckt, dass der Python auf der Suche nach René ein Bündel wichtiger Kabel zerkaut hatte – welche die Raketenkamera mit Mission Control verbanden. Sodass die Techniker nun die Signale der Simulator-Kameras auf ihren Schirmen sahen. Auf denen doch eigentlich die der echten Raketenkamera zu sehen sein sollten.

Und möglicherweise hätte sie auch entdeckt, dass die Techniker im GASA-Kontrollraum Fieber hatten. Aufgrund der Tatsache, dass Renés Python auf der Suche nach dem Schlafsaal den Kaffeevollautomaten als Klo benutzt hatte.

Und hätte Christoph sich nicht zuerst ins Cockpit gedrängelt, hätte er vielleicht nicht im Pilotensitz gesessen … und wahllos irgendwelche Knöpfe gedrückt.

Wie den, der die Funkverbindung zu Mission Control unterbrach.

Oder den Knopf, auf dem stand:

Aber natürlich drückte Christoph genau diesen Knopf.

Woraufhin die Rakete Folgendes machte:

5003

KAPITEL 29

»Boah, *voll* der Billig-Fake«, wiederholte Christoph, als die Rakete schon durch die Ozonschicht donnerte.

Dann traf uns die Hitze.

Heiße, frittierfett-brutzel-krustenmäßige Hitze.

»Mein. Gesicht. Schmilzt!«, stöhnte Steven Lippman.

»Mein. Hirn. Kocht!«, schrie Abby Takani.

»Endlich voll das Knusperflakes-Feeling!«, rief Daniel Yoon.

Dann zündeten die Boosterraketen und die G-Kräfte jagten uns weiter in die eisige Stratosphäre empor.

Schleuderten uns gegen die Kapselrückwand. Und **quetschten** uns zusammen wie einen Riesenknetgummiklumpen.

»Mir. Steckt. Das. Hirn. Im. Hintern«, ächzte Christoph, der mit dem Kopf nach unten gegen die Wand gedrückt wurde.

Die Boosterraketen erloschen. Prompt krachten alle auf den Boden.

»MANN! WIE! GEIL!«, kreischten wir im Chor.

»Mann, wie bescheuert«, motzte Christoph. »Hab schon Achterbahnfahrten erlebt, die viel echter wirkten.«

Er wand sich aus dem Arm-und-Bein-Gewirr heraus. »Ich geh wieder ins Bett.«

Er glitt die Cockpitluke hinab, sprang in die Luftkammer darunter und schlug die Luke gleich wieder hinter sich zu. Bevor jemand Piep sagen konnte, hatte er schon die Außenluke aufgekurbelt und wurde hinaus ins Vakuum **gesaugt**.

Daniel Yoon zuckte mit den Schultern. »Ups, schätze, das ist Christophs Ende.«

KAPITEL 30

Aber Christoph hatte Schwein. Denn Larry trat in Aktion: Er riss die Cockpitluke auf, sprang in die Luftschleuse, packte Christoph mit gestrecktem Arm und zerrte ihn in die Rakete zurück – schneller, als die Luft ins All entweichen konnte.

»Gute Arbeit, Larry!«, sagte ich. »Da schuldet dir Christoph ganz schön was.«

Der hatte nun ein knallblaues Gesicht und sein ganzer Körper war von einer Frostschicht überzogen.

»D…die … Rakete … ist … ja *echt*!«, stotterte er mit klappernden Zähnen. »W…w…wir sind im Weltraum!«

»Im Weltraum?!«, japste Steven Lippman entsetzt.

»Fühl … mein … Gesicht … nicht … mehr«, stammelte Christoph.

»Wer ist dafür, dass wir zuerst Christoph essen, falls uns die Vorräte ausgehen?«, fragte Daniel Yoon.

Alle hoben die Hand.

Wir brachten ihn nach unten ins Krankenrevier der Rakete. Aber er war nicht der Einzige, der nervenmäßig so richtig am Rad drehte. Denn im Cockpit hatten sich René, Lenny und Steven inzwischen im Schrank versteckt.

Lena und Daniel übernahmen die Steuerkontrollen.

»Mein ganzes Leben habe ich **darauf** gewartet«, seufzte Lena.

»Irgendeine Ahnung, wo wir hinfliegen?«, fragte ich.

»Lässt sich schwer sagen«, meinte Daniel und beäugte die Reihen leuchtender Monitore. »Bin aber ziemlich sicher, dass wir … äh, na ja … ins Weltall düsen.«

Er spähte aus dem Cockpitfenster.

»Oder womöglich auch auf diesen riesigen Telekommunikationssatelliten direkt vor uns zubrettern.«

»KOLLISIONSKURS!«, schrie Lena und riss hektisch an ihrem Steuerknüppel. »Aktiviere Umkehrdüsen!«

»Und warum bewegen wir uns dann immer noch vorwärts?«, wollte Daniel wissen.

»WEIL ICH KEINEN SCHIMMER HAB, WAS ICH HIER TUE!«, kreischte Lena.

»Können wir nicht einfach die GASA anrufen?«, fragte ich.

»Könnten wir, wenn nicht so ein Oberknallkopf alle Kontrollen durcheinandergebracht hätte«, sagte Lena.

»Ich war's nicht!«, stöhnte Christoph aus dem Krankenrevier.

»Jemand eine Idee? *Irgendeine?*«, keuchte ich, als wir auf den Satelliten zurasten.

»Ich glaub, ich seh unser Haus von hier oben«, sagte Daniel und lugte aus dem Fenster. »Vielleicht kann ich Dad anrufen.«

»Nicht nötig«, meinte Lena. »Guck mal!«

Draußen **balancierte** Larry auf der Rakete! Wie auf einem Longboard surfte er auf ihr – auf einer Welle, die so groß wie die ganze Milchstraße zu sein schien.

»Krass!«, flüsterte Daniel.

»Was *macht* er da?«, fragte Abby Takani.

»Dasselbe wie immer«, sagte ich. »Uns den Hintern retten.«

KAPITEL 31

Es war wie in der epischsten Szene aus dem besten Actionfilm aller Zeiten. Und das alles passierte genau vor unserer Nase.

Während wir auf den Satelliten zuschossen, rutschte Larry nach vorn auf die Frontantenne.

»Kollision in dreißig Sekunden!«, schrie Lena King.

Abby Takani legte mit Anfeuerungsrufen

los. »Spitze, Larry! Rette uns! Zeig's dem Drecks-satelliten!«

Larry nahm im Reitersitz auf der Antenne Platz.

»Der wird so richtig fett zerquetscht«, rief Steven Lippman.

»Wir *alle* werden so richtig fett zerquetscht«, kreischte Nathan und leckte vor lauter Nervenflattern Farbe von der Cockpitwand.

»Fünfzehn Sekunden bis zum Einschlag!«, schrie Lena.

»Jep«, meinte Daniel und spähte aus dem Fenster. »Ist definitiv unser Haus da unten.«

»Zehn Sekunden«, kreischte Lena. »Alle bereit machen für den **TÖDLICHEN FEUERBALL**!«

»Das ist jetzt langsam aber wirklich real«, fand Daniel. »Knusperflakesreal.«

»Keine Panik«, sagte ich. »Larry hat's im Griff.«

»Fünf Sekunden!«, meldete Lena. »Vier, drei, zwei, eins.«

BOING!

Im Moment der Kollision blähte Larry seinen Körper auf hundertfache Größe. Der Satellit **prallte** direkt von seinem Bauch ab und eierte im Spiralkurs ins All davon.

»HURRAAA!«, schrien wir.

(»Was zum Teufel …?«, schrien auf der Erde etwa eine Milliarde Menschen, deren WiFi sich gerade verabschiedet hatte.)

»Er hat's geschafft!«, jubelte Daniel. »Hat sich glatt in einen menschlichen Airbag verwandelt. Mitten im All!«

»Natürlich hat er's geschafft«, sagte ich. »Er ist Larry Lauch. Der kann **alles**.«

»Ähm …«, meinte Lena und beäugte eine Blinkleuchte auf dem Kontrollpult. »Meinst du, er könnte auch etwas Sauerstoff auftreiben?«

»Was? Wieso?«, fragte ich.

»Weil uns der in einer Stunde ausgeht.«

KAPITEL 32

Die Situation war übel. Wir flogen unkontrolliert und fast ohne Sauerstoffreserven durchs All.

»Klopapier ist auch alle!«, brüllte Christoph aus dem Klo.

Was auch für unsere Ideen galt und noch schlimmer war.

»Jemand **IRGENDWELCHE** Ideen?«, fragte ich.

Worauf die Prankmans vorschlugen, Christophs Hintern aus dem Rückfenster zu pfropfen, damit seine Pupser die Rakete zurück zur Erde beförderten.

Daniel Yoon meinte, wir sollten das mit der Erde ganz knicken und einen neuen Planeten suchen, um da wie die Könige zu leben.

»Klingt echt super«, sagte Lena, »aber leider gibt's keinen neuen Planeten. Die Erde ist alles, was wir haben.«

René Grossman hob die Hand.

»Haste 'ne Idee, René?«, fragte ich hoffnungsvoll.

»Eigentlich frage ich mich gerade nur, ob jemand meinen Python gesehen hat …«

»Warum zur Hölle sollte jemand deine Schlange gesehen haben?«, wollten die Prankmans wissen.

»Äh …«, druckste René herum. »Weil sie nicht auf der Erde ist. Sondern irgendwo in … dieser Rakete.«

»IN DER RAKETE?!«, kreischten Steven Lippman und Lenny Battisto im Chor.

Alle brüllten auf René ein. Und René auf alle. Dann brüllten alle aufeinander ein. Aber niemand verstand die anderen über das Gebrüll hinweg – wodurch alle nur noch **LAUTER** brüllten.

Plötzlich schrie Christoph von unten: **»DA IST 'NE SCHLANGE IM KLO!!!«**

Worauf René Christoph zubrüllte, er solle nicht auf seinen Python koten. Worauf Lena King wiederum brüllte, dass wir nicht mehr so brüllen sollten. Weil Brüllen mehr Sauerstoff verbraucht und Sauerstoffmangel uns ja überhaupt erst zum Brüllen gebracht hätte. Und … und … weil eben überhaupt!

Vermutlich wäre es so weitergegangen, wenn wir nicht etwas vor uns am Sternenhimmel entdeckt hätten.

»Was ist *das* denn?«, fragte Daniel Yoon, als wir aus dem Fenster lugten.

»Sieht aus wie 'n Minimond«, fanden die Prankmans.

»Kein Mond«, sagte Lena. »Das ist die Internationale Raumstation! Die ISS.«

KAPITEL 33

Wir wären geradewegs daran vorbeigerauscht. Aber Larry kriegte sie gerade noch rechtzeitig zu fassen.

Im Großen und Ganzen war es ziemlich nett von der ISS-Crew, ihren Sauerstoff mit uns zu teilen.

Wie sich herausstellte, hatten sie versucht, uns zu erreichen, seit wir im All waren. Sie gaben uns was von ihrer Astronauten-Eiscreme ab und zeigten uns die tollen Weltraumsteine, die sie gesammelt hatten.

Besonders begeistert war die Crew, Larry kennenzulernen. Sie hatten von seiner Weltraum-Roboterente gehört und waren von seinem Raketensurfing hin und weg gewesen.

Aber sie konnten uns nicht zurück zur Erde bringen. Der nächste Shuttle würde sie erst in sechs Monaten abholen.

Zumindest konnten sie uns wieder mit der GASA verbinden. Kosmonautin Cath war noch nicht wieder aufgewacht. Aber da unten auf der Erde waren alle ziemlich angepisst, dass wir in ihrer Rakete feststeckten. (Wenn auch nicht so angepisst wie Nathan Kobissis Eltern.)

Trotz aller Hirnerei kriegten die Top-GASA-Wissenschaftler nicht raus, wie man uns nach Hause holte. Das Problem war, dass eine Rückkehr aus dem

All für die Galaxy 5003 gar nicht vorgesehen war. Sie hatte nicht mal genug Treibstoff, um sich selbst zurück zur Erde zu befördern.

»Hab doch gesagt, wir sind erledigt«, meinte Christoph und griff nach dem letzten Becher Astronauteneis. »Hättet mal besser auf mich hören sollen.«

In diesem Moment flog ihm wie in Zeitlupe ein Krümel Weltraumgestein ins Auge.

»AUA!«, kreischte Christoph.

»Haben nur mal getestet, ob unsere Zwille auch in Schwerelosigkeit funktioniert«, meinten die Prankmans und zuckten mit den Schultern.

»Zwille …«, murmelte Larry.

Er sah mich an. Ich sah ihn an. Lena King sah uns an.

»Warum guckt ihr euch so komisch an?«, fragte Steven Lippman. »Das ist megagruselig.«

»Zwille!«, wiederholte Larry nur.

»Zwille!«, sagten Lena und ich im Chor. »Ja!«

»Ja und? Ist doch keine große Sache«, schnaubte Christoph und rieb sich das Auge.

»Die *große Sache* ist«, antwortete Lena, während sie aufgeregt auf der Stelle auf und ab schwebte, »dass wir vielleicht wieder in die Atmosphäre eintreten und es nach Hause schaffen könnten, wenn wir uns per Zwille in den richtigen Orbit schießen.«

»Pfff, ja klar«, feixte Christoph. »So 'ne große Zwille gibt's in der ganzen Galaxis nicht.«

»O doch, gibt es«, sagte ich und zeigte auf Larry.

»Gummi-Time!«, kiekste er vergnügt.

KAPITEL 34

Lena King saß im Raketencockpit und sprach in den reparierten Bordfunk.

»GASA Mission Control, hier spricht Junior-Astronautin King von den **6a-ASTEROIDS**. Erwarte Freigabe für Abkopplung von ISS.«

Flüsternd drehte sie sich zu uns. »Das ist ja so geil!«

»Geil?!«, echote Christoph. »Echt jetzt? Obwohl wir in einem 100.000-Kilo-Blechhaufen im All gestrandet sind und nur hoffen können, dass uns ein Gummiknochen-Freak zurück zur Erde zwillt?«

»Exakt!«, bestätigte Lena.

Eine Stimme von GASA Mission Control kam knisternd über Lautsprecher:

Larry stand auf der Spitze der ISS auf einem Solarpaneel und wartete auf unser Signal. Laut Plan würde er den Körper bis zur gegenüberliegenden Paneel-Reihe spannen, um ein MEGA-LARRY-Gummi zu erzeugen.

Worauf Lena die Rakete mit Rückwärtsschub gegen ihn lenken würde. Deren Kraft Larry dann nach hinten **ziehen** würde, bis er uns zurück zur Erde katapultieren konnte.

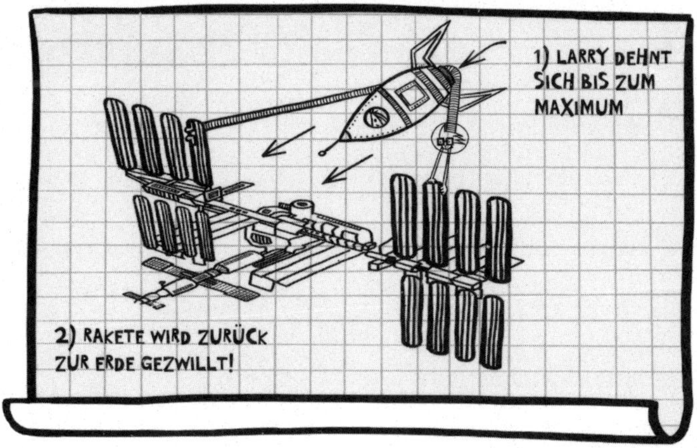

»Nicht vergessen, Astronautin King«, verkündete Mission Control. »Die Chancen stehen nur eins zu einer Million.«

»Tatsächlich«, nervte Christoph, »wohl eher so was wie eine Eins-zu-einer-Milliarde. Wir sind erledigt.«

»KLAPPE! CHRISTOPH!«, schrien wir.

Eine weitere Knisterstimme von Mission Control kam rein.

»Hey, 6a. Hier Kosmonautin Cath.« Schon tauchte sie auf dem Bildschirm auf. Alle jubelten, obwohl sie gar nicht gut aussah.

»Sorry, hab euren Start verpasst«, sagte sie. »Hatte ein übles Date mit 'ner Rüpelschlange.«

René machte pfeifend auf unschuldig.

»Jetzt ist nur wichtig, euch sicher nach Hause zu bringen«, fuhr Cath fort. »Und wenn jemand genug Schub zustande bringt, um eine Rakete zur Erde zu feuern, dann Larry Lauch.«

»Roger!«, kam Larrys Piepsstimme über Funk.

»Dreißig Sekunden!«, verkündete Mission Control.

»Hab Angst«, heulte Steven Lippman los und klammerte sich an seinen Teddy.

»Lippman? Haben wir ein Problem?«, fragte Lena grimmig.

»Zwanzig Sekunden«, sagte Mission Control.

»Stand-by, Larry«, meldete ich über Funk.

Ich konnte verstehen, warum Steven Angst hatte. Mein Herz hüpfte wie ein durchgeknalltes Känguru in der Brust herum. Ich hatte Larry eine Menge unfassbarer Dinge tun sehen. Aber diese Nummer war noch mal 'ne ganz andere Liga.

Von seiner Position aus präsentierte Larry mir den gestreckten Daumen.

»Bereit machen für Zwillen-Modus-Aktivierung«, sagte ich. »Das ist unsere letzte Chance.«

LARRY LAUCH
und die SUPER-ELASTO-RAKETEN-RETTUNG
Hoch über der Erde SPRINGT Larry Lauch über die ISS weg.
10 ... 9 ... 8 ...
WÄHRENDDESSEN IN DER RAKETE
Hab Angst!
Er ist zu langsam.
Hab mehr Angst!
Schneller, Larry!
Das schafft er nie. Wir sind verloren.
7 ... 6 ... 5 ... 4 ... 3 ... 2 ... 1 ...
ZÜNDUNG!
AKTIVIERE UMKEHRDÜSEN!

BOING!!!
Er dehnt sich zu stark.
Halte durch, Larry!
Wir sind erledigt.
Grrrnnnn!!!
Doch plötzlich ...
TWANG!

Er hat's geschafft!
Ups, mir flutscht gleich was in die Hose!
Schon wieder?!
ABER ...
Schnell! Hol Larry rein!
Der Hebel funktioniert nicht!
DANN ...
KRACK!
KNIRSCH!

Die Rakete ist auseinander-gebrochen!
Wir haben Larry verloren!
NEIIIIN!!!
KOMM ZURÜCK, LARRY!
Juhu! Ab nach Hause!
Ohne Larry!

KAPITEL 35

Allen fehlten die Worte, als wir durch die Erdatmosphäre zurückschossen. **Ohne Larry.**

»Larry muss gewusst haben, dass er nicht genug Spannkraft hat, um die ganze Rakete zurückzuschicken«, murmelte Lena traurig. »Daher hat er die zweite Hälfte manuell abgekoppelt.«

»Oder vielleicht war er nicht stark genug, sich an der Rakete festzuhalten«, vermutete Christoph. »Ich hätt's natürlich geschafft. Bin ja auch der Stärkste.«

»Würg!«, sagte Abby Takani. »Es gibt wirklich niemand Ätzenderes im Universum als *dich*.«

»Na ja«, meinte Daniel Yoon. »Eigentlich schon. Guckt mal.«

Er zeigte auf den Bildschirm. Allgemeines Gestöhne. Mir war schon ganz schlecht wegen Larry. Aber beim Anblick von Hackface hätte ich am liebsten einen kometengroßen Kotzstrahl rausgehauen.

»Was wissen *Sie* von unserem Trip?«, fragte ich.

»Oh, nur … ALLES!«, meinte Hackface kichernd. »Bin nämlich voll der Sterngucker. Hab eure ganze Mission von meinem Privatobservatorium aus verfolgt. Alles selbst gebaut, weißt du?«

»Mir scheint, als hättet ihr da oben jemanden zurückgelassen.« Wieder kicherte Hackface. »Na, na, Keule, kein Grund für Geheule!«

»Mann, der ist so was von fertig«, sagte Daniel Yoon.

»Da bin ich anderer Ansicht«, antwortete Hackface. »Wenn etwas so was von fertig ist, dann eure Flugbahn, wie mir scheint. Wenn ihr euren Kurs beibehaltet, werdet ihr meinen Berechnungen nach mitten im Meer der Haie landen.«

»Was ist denn eigentlich das Meer der Haie?«, flüsterte Steven Lippman.

»Hättest du im Unterricht aufgepasst, Lippman«, sagte Hackface. »wüsstest du, dass das Meer der Haie eben genau das ist: ein Meer voller **HAIE!** Erlaubt mir, es euch zu zeigen.«

Hackface hielt eine Enzyklopädie in die Höhe.

»Mitten im Pazifischen Ozean gibt es ein Gebiet, in dem es **von Haien nur so wimmelt**. Sie werden vom warmen Wasser angezogen, genau dort, wo sich die Strömungen treffen. Niemand kann sich diesem Ort nähern, ohne als Hai-Sandwich zu enden.«

»Das denkt er sich nur aus«, wisperte Steven und klammerte sich noch fester an seinen Teddy.

»Nein, tut er nicht«, sagte ich mit mulmigem Gefühl im Bauch. »Ich hab 'ne Fernseh-Doku gesehen. Gibt allerdings nicht viel Filmmaterial. Weil die Haie dauernd die Kameras fressen. Und die Dokufilmer.«

»Sehr gut, Mr O'Donnell«, gluckste Hackface. »Diese lieben Fischlein sind bekannt dafür, ganze Schiffe zu fressen. Und jeden an Bord, natürlich. Ich frage mich, wie ihnen eine Rakete schmecken wird. Und ihr natürlich.«

Bevor jemand antworten konnte, zeigte Lena aufs Kontrollpult. »Hackface hat recht! Seht mal!«

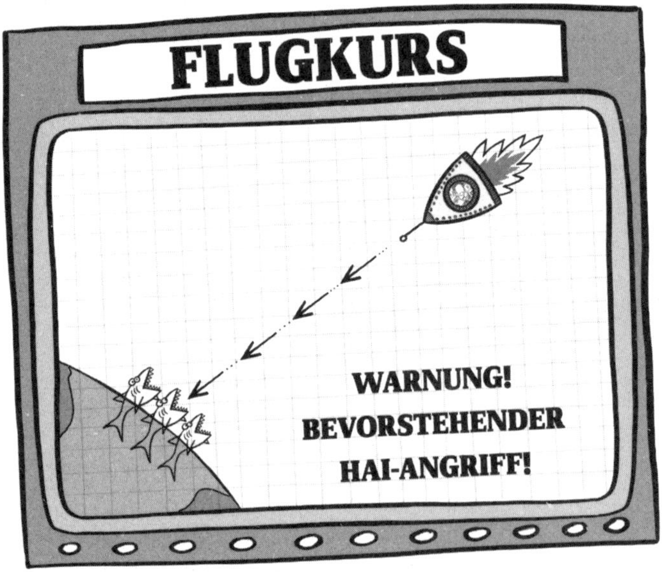

Düster stimmte Rebecca Peters auf ihrer Trompete den Weißer-Hai-Soundtrack an.

»Wir müssen Cath rufen!«, sagte ich. »Sie weiß bestimmt, was zu tun ist.«

»O jaaaa«, säuselte Hackface höhnisch. »Das wäre 'ne gute Idee. Nur dass ich gerade *aus Versehen* all eure Kommunikationskanäle blockiere. Sorry. Schätze, ihr müsst mir für den Rest des Fluges zuhören … und den Rest eures Lebens.«

»O Mann«, stöhnte Daniel. **»VOLL ÜBEL!«**

»Hey, wie wär's mit einem Lied?«, schlug Hackface vor. Er nahm ein Akkordeon und fing an, den Baby-Shark-Song zu singen.

»Nein«, sagte ich. »*Das* ist übel.«

KAPITEL 36

Wenn es etwas **Schrecklicheres** gibt, als auf haiverseuchte Gewässer zuzurasen, in einer **überhitzten und überfüllten** Rakete, während dein bester Freund im All davontreibt und dein **ekelhafter** Ex-Vizedirex unter Akkordeonbegleitung in **Endlosschleife** den Baby-Shark-Song singt … dann komm ich einfach nicht drauf.

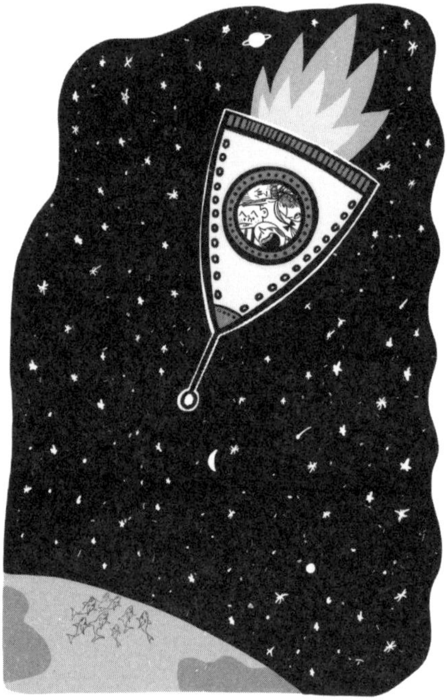

Na ja, bei unserem erneuten Durchbruch durch die Ozonschicht **LEBENDIG GEBRATEN** zu werden, könnte schlimmer sein. Aber wir waren so von Hackface' 247. Baby-Shark-Performance abgelenkt, dass wir kaum merkten, wie heiß und brutzelig es beim Wiedereintritt in die Atmosphäre wurde.

»Bitte! Schalt ihn aus!«, kreischte Daniel Yoon und hielt sich die Ohren zu.

»Ich hab schon 247 Mal gesagt, dass wir das *nicht* können«, sagte Lena. »Er blockiert den Funk.«

»Dann bring uns zum Absturz!«, schrie Daniel.

»Geht auch nicht«, erwiderte Lena. »Wir haben keine Kontrolle über die Rakete. Die ist auf Autopilot. Und der beginnt jede Minute mit der Landesequenz und dem Anflug auf das Meer der Haie.«

»Also, die Haie da sehen *wirklich* hungrig aus«, informierte uns Abby Takani, die durch das Frontteleskop der Rakete lugte.

»Hab's euch gesagt: Wir sind erledigt«, meinte Christoph. »Ihr hättet besser von Anfang an auf mich hören s…«

Er wurde kreidebleich.

»**ENTEEEEEE!**«, schrie er und zeigte aus dem Fenster.

Etwas schoss an der Rakete vorbei.

»LARRY!«, riefen wir.

»Qua!«, kam von Eggi McRobot Spacebert.

»Sorry, bin spät dran!«, ertönte Larry plötzlich über einen Spezialkanal. »Hatte noch einen Spezialjob.«

»LARRY!«, rief ich. **»DU BIST AM LEBEN!«**

»Putzmunter und vollelastisch«, piepste er.

Niemand konnte es fassen.

Wie sich herausstellte, hatte man die Weltraum-Roboterente samt Eggi heimlich in der hinteren Raketenhälfte verstaut, bevor sie ins All düste. Nur Larry und eine Handvoll GASA-Techniker wussten davon. Sie wollten nicht, dass Eggi in falsche Hände fiel.

Laut Plan sollte die Weltraum-Roboterente per Fernsteuerung in den Erdorbit gebracht werden. Um zu helfen, eine GASA-Klimawandel-Spezialsonde in die richtige Position zu bringen.

Aber als sie rausfanden, dass *wir* in der Rakete waren, mussten sie die Mission abbrechen, um uns alle – einschließlich Eggi – sicher zur Erde zurückzubringen.

Also hatte Larry beschlossen, die Mission allein durchzuziehen. Er hatte nur keinem was davon gesagt.

Ein gewaltiges **KLONG** ertönte, gefolgt von einem gewaltigen **QUA** – wiederum gefolgt von Christophs schrillem **AHHHH!**.

»Larry befestigt Eggi an der Raketenspitze!«, sagte ich. »Ich glaube, er versucht, unseren Kurs zu ändern.«

Larry dehnte den Arm wie ein ewig langes Bungeeseil und umschlang die Raketenspitze.

»Aber wir prallen jede Sekunde auf dem Wasser auf!«, sagte Lena.

Ein gigantisches **PLATSCH!** ertönte … und schon waren wir unter Wasser. Auf einen Schlag waren alle Fenster voller zuschnappender Zähne.

Hausmeister Hackface trällerte seinen Baby-Shark-Song noch lauter.

Die Haie schossen wie hundert Grinse-Torpedos auf die Rakete zu.

Doch mit einem gewaltigen **WUSCH** wurde die Rakete wieder aus dem Wasser gerissen, als Eggi McRobot Spacebert uns himmelaufwärts hievte.

»LARRY HAT'S GESCHAFFT!«, schrie ich und stieß die Faust in die Luft.

»JA!«, jubelte Abby Takani und riss spontan zehn Zuckertütchen auf, um sie alle auf einmal zu exen.

»Freut euch nicht zu früh«, mahnte Lena. »Larry muss immer noch 'ne 100.000-Kilo-Rakete landen.«

»Schafft er nie«, sagte Christoph. »Wir sind erledigt.«

»Nein«, stieß ich zwischen zusammengebissenen Zähnen hervor. »Larry schafft's. Er bringt uns heil runter.«

Ich schloss die Augen. *Komm schon, Larry,* dachte ich. *Du kannst es.*

KAPITEL 37

Von all dem schrägen Mist, der seit Larrys Ankunft an der Craglands South abging, war nichts so **schräg** wie das Folgende.

Oder so

BRILLANT.

Denn wisst ihr,

Enten fliegen immer zu ihrem Zuhause zurück. Sogar Halbenten. Als wir also – via das Meer der Haie – aus dem All zurückkehrten, flog Eggi zu seinem Geburtsort. Also: zu unserem Klassenzimmer. Weswegen die Galaxy 5003 am Ende auf unserem Schulhof aufsetzte.

Leider war dafür nicht genug Platz. Weswegen wir aus Versehen Hausmeister Hackface' Schuppen schrotteten. Und seinen Kopf *etwas* ankokelten.

Unsere Ankunft sprach sich schnell herum. Wenn auch nicht so schnell wie Christoph, als der aus **Panik** vor Eggi davonflitzte, um sich bei den Vorschulkids zu verstecken. Erst später kam raus, dass er als Baby

mal 'ne miese Erfahrung mit einem gekochten Ei gemacht hatte.

Nicht mal eine Stunde nach der Landung flog Cath mit einem GASA-Jet ein, um uns zu begrüßen. Zum Glück war sie in Ordnung. Abgesehen davon, dass ihr wegen des Schocks infolge der innigen Pythonbegegnung die Haare zu Berge standen. Für immer.

Der GASA war es dermaßen peinlich, dass sie aus Versehen eine Sechste ins All geschossen hatten. Also mussten wir behaupten, dass die Rakete nur ein paar Minuten bis Wolkenhöhe geflogen war. Und dass die ganze Zeit verantwortungsbewusste Erwachsene an Bord gewesen waren.

Aber ich schätze, dass ich diesen Geheimbericht unbedingt schreiben sollte. Damit eines Tages alle wissen, wie sehr wir es Larry zu verdanken haben, dass er uns **gerettet hat**.

Klar, er hat dabei vielleicht aus Versehen einige Trillionen Dollar an Weltraumausrüstung geschrottet … *und* auch die Galaxy 5003. Jedenfalls so ziemlich. Aber ohne ihn hätte die GASA nie ihre Klimawandel-Spezialsonde in den Orbit bekommen.

Also waren sie für alles, was Larry und die 6a getan hatten, dankbar. So sehr, dass wir nicht nur Supernoten in unserem Space-Camp-Abschlusszeugnis kriegten, sondern auch noch **lebenslang Astronauten-Eiscreme** – wegen extremen Mutes.

Eggi McRobot Spacebert fand als VIP-Maskottchen ein lebenslanges Zuhause bei der GASA. Und Kosmonautin Cath meinte, dass Larry ihn jederzeit besuchen könne.

Was allerdings noch etwas dauern kann.

Denn erst müssen wir wieder die Luft aus ihm **rauskriegen**.

ENDE
LARRY LAUCH KOMMT WIEDER!

Über MICK ELLIOTT

In der Schule gab's für Mick Elliott **haufenweise** Ärger, weil er im Unterricht immer eklige Bilder malte. Jetzt wird er sogar dafür bezahlt, dass er witzig-abgedrehte Geschichten schreibt und malt (was die Tatsache wieder wettmacht, dass er nun alt und schrumpelig ist).

Die meiste Zeit seines Erwachsenenlebens hat Mick als TV-Produzent für Nickelodeon gearbeitet.

Mit großem Vergnügen besucht Mick Schulen, um über das Schreiben, Illustrieren und darüber zu reden, was man tun kann, wenn man aus Versehen in der Klasse einen fahren lässt.

Das will ich lesen!

ISBN 978-3-7432-0629-9

Willkommen in der übelsten Klasse aller Zeiten!
In einer Klasse, die ihre Lehrer öfter gewechselt hat als die meisten Schüler ihre Socken. Doch als der superstrenge Vizedirex die Kontrolle übernimmt, geht es schnell bergab: kein Gequatsche, kein Blinzeln, kein lautes Atmen mehr. Schlimmer kann es nicht werden … Bis eines Tages ein neuer Schüler auftaucht: Riesenbrille, Bungee-Knochen, mysteriöse Rülpseritis.
Ein Junge wie kein anderer. Ein Junge namens Larry Lauch.

Loewe
Das will ich lesen!